坂を下りてくる人

魚住陽子

Uozumi Yoko
Saka wo orite kuru hito

目次

中庭の神

おはよう。ちょっと遅いじゃないか。毎朝、五時二十分に部屋を出る三百五号室の男がイライラしながらおまえの配達する新聞を待っているよ。

早く行きな。十三階に止まったままのエレベーターなんか待っていないで。

グワッ、グワッ。カアラ、カアラ。回廊の庇に止まって、追い立てるように鳴くと、寝不足の目を思いきり見開いて、新聞配達になりたてのリストラ男が睨んだ。

それでも構わず男がエレベーターホールに消えるまで、朝の一声をふり絞る。グワーアー、グワーア。

朝の点呼。たった一羽の点呼。自分で呼んで、自分で答える。

新聞配達の男がエレベーターで最上階の二十二階に着いた頃、管理人室で仮眠をとっていた警備員が、早朝の見回りを始める。

クワッ、クワッ。鴉にしては穏当な呟き声で、挨拶をする。

「おはよう。まったく、あんたは早起きだね。それとも俺と同じで、眠れないのかい」

鴉の挨拶に応えるのは、この初老の警備員ただ一人だ。不眠症の彼はしょっちゅう同僚の夜勤を代わってやっている。

一階の非常階段から完璧に訓練された足取りで彼は上っていく。マンションの一部屋一部屋の扉に鋭く、正確な視線を投げながら。彼の後をつけるように、まだ常夜灯の点いたままの青白い明かりが朝の光と混じりあって消える。不眠症の警備員と、中庭に住む鴉にとっての地上の星が消える。

着いたばかりの新聞を二つに畳んでバッグに入れた三百五号室の男が、せかせかした足取りで中庭を突っ切っていく。朝食のパンを口の中でもごもご噛みながら。それでも、ダスターシュートに夕べの弁当の空き箱を入れるのを忘れない。

俺は小さなビニール袋が暗いダスターシュートを通って、地下にある巨大なゴミ集積所に落ちていくのを、ちょっと腹立たしい思いで想像する。

「まったくおまえの気がしれない。よりにもよって、あんなふうに完全管理されたマンションの中庭に住みつくなんて。あそこにはゴミ箱もなければ、生ゴミの袋を深夜にこっそり置きにくる奴もいない。掃除の行き届いたベンチに座って住人が、鳩に餌をやるみたいに、鴉のおまえを養ってくれるとでも思っているのかい」

親類縁者も仲間も呆れて説教したり、嘲笑ったりしたけれど、俺は決心を変えなかった。わけを説明するのはむずかしい。それはきっと、俺があまりに人間の言葉をわかり過ぎるせいかもしれない。鴉のくせに俺は昔からずっと、人間の言葉というやつが好きでたまらなかった。公園で母親の唄う子守唄をすぐ覚えたし、赤ん坊の泣き真似をすることも得意だった。へえっ、へえっ。商店街のおやじの愛想笑いに合唱することもできたし、魚屋のあんちゃんの呼び声も気に入っていた。

この巨大マンションの分譲が始まった頃、客に混じって俺たちも見学にきた。コの字型に建てられた棟の真中にある空間がなんなのか、その時はまだよくわからなかった。

「ゴミ箱、ゴミ箱」と仲間たちは騒いだけれど、そんなはずがないのはよくわかってた。引越しが始まってから来てみて驚いた。地上にある人口庭園。住人だけに開放された公園が出来ていた。

光の川のような二本の回廊。その間にあるたくさんの樹が風に涼しげに揺れ、奥には小さな噴水まであった。あちこちに置かれたしゃれたベンチ。レンガを埋めた歩道に沿ってずっと続く花壇。擦りガラスの街灯が一列に並び、あちこちに季節の花を盛った鉢が置かれている。

俺はこの中庭が一目で気に入ってしまった。でもそれは、このマンションを買ったあらかたの住人のように「リゾートホテルの中庭みたい」だと感じたからではない。

それは多分俺の血の中に眠っているDNAのせいだ。俺の血の四分の一はフランスの鴉から受けついでいる。その血が俺に告げたせいだ。「これは、フランスの郊外にある古い墓地にそっくりだ。おまえの血の四分の一はずっとそこへ帰りたいと思っている」と。

そうとも。俺はここがえらく気に入った。静かできれいで、墓地のように花に溢れた中庭が。

ここに住んで、もう三年になる。朝日が東の棟をまるまる薔薇色の靄にくるんでしまう頃、夏中庭を我が物顔に占領している蝉がいっせいに鳴き出した。

うるさいやつらだ。でもやつらは短い命を鳴くことに賭けているんだから、その音量と必死さにはどだい敵いっこない。俺は朝の点呼を止めて、シンボルツリーになっている大きな楓の樹の上に移動した。

ここからだと中庭を通って出ていく住人の様子がすべて見渡せる。最初はばらばらと。やがて次々と。みんなひどく急いでいる。駐車場のある方から賑やかなエンジン音がひっきりなしに聞こえ、たくさんの部屋でつけられたテレビの音が集まってうねりのように流れてくる。

西の棟と東の棟と北の棟から一人づつ、正確に言えば一人と一匹づつ、三人と三匹が現れて、回廊の入り口にある時計の前で落ち合う。

「あら、おはよう。ボスとボスのお母さん」

「おはようございます。ラッティとラッティのママ」

「じゃあ。出かけましょうか。小太郎のパパ」

このマンションはペットも一匹までなら可ということだから、小型犬が俺の勘定でざっと百二十匹はいる。猫もいるが、だいたいが部屋の中にいるので正確な数はわからない。シンボルツリーの前まで来て、バカな犬が俺の気配を感じてうるさく吠える。と、ボスなのかボスのママなのか、小太郎のパパなのか、小太郎なのかが同じようにうるさく吠え立てる。気味の悪い赤ん坊言葉を喋るので、俺にはどちらも人間の言葉に聞こえない。

彼らは連れ立って、裏庭から外に出ていく。

出勤の一段落した中庭には一時人通りが途絶えて、俺は夏の光に支配されていく中庭の輝くような美しさをうっとり眺める。

百日紅の赤と白。夾竹桃の赤とピンクと白。アーチにからみつくノウゼンカズラ。風にゆれている合歓の花。光がまるでキャンドルサービスをするように、あらゆる樹のあらゆる枝に点火していく。

気がつくと、噴水の側の一番涼しい木陰にいつもの婆さんが座っている。手には赤と青の糸を持って、小さな声で歌いながらそれを上手に操っている。

「ほら、出来た。橋。今度は兎。あっ、失敗。ふふっ。耳がかたっぽになっちゃった」

この暑いのに奇妙な服を重ね着して、厚い靴下をはいている。薄茶色の髪はぼさぼさで、皺だらけの首にハンカチを結んでいる。樹の上から見ると、まるで大きな生ゴミのようだ。

俺は中庭に三年も住んでいるのに、この婆さんだけはどこから来るのか、どの部屋に住んでいるのか知らない。どうしても突き止めることが出来ない。この婆さんだけが、マンションに住む八百世帯、二千人の住人の中で唯一足音を持たない人間と言える。

婆さんは案の定、いつの間にか消えている。幽霊ではない証拠に持っていた赤と青の擦り切れた糸が楓の下枝にぶら下がって残っている。

換気扇が一列に並んでいる棟を低く飛ぶと、卵やソーセージを焼く匂い、焦げたパンや味噌汁の匂いなどがほとんどいつも空きっ腹の俺の腹を心地よく刺激する。掃除の一団がマンションの隅々を掃除し終わらないうちに、深夜まで子どもがたむろしていた北階段の踊り場に散らかったポテトチップやカップ麺の残りで朝食を摂ることにしよう。

ペットボトルに残ったポカリスエットをこぼして飲んでから、俺はプールの見える東館の屋上に移動する。

いるいる。カッカカアー。クワッツ。クワッツ。俺は満足のあまりつい大きな声で鳴いて、中庭に遊びにくる途中のカケスを驚かせてしまう。

午前十時、プールが開くのと同時に必ずあの人はやってきて、誰もいないプールの端から端までゆっくりと歩き始める。

決して泳がない。少なくとも泳いでいるのを俺は見たことがない。競泳用の紺の水着が滑らかな飛沫をあげる。まっすぐな背中、惚れ惚れするほど美しい首筋。束ねた髪は俺の羽より黒く光り、顎をひいてまっすぐ歩く、その神々しいような横顔を毎朝盗み見るようになって、もう半年以上になる。

俺の女神。水の中を歩き続けるヴィーナス。彼女が水の中を歩いているのを見た時、俺は初めて飛ぶことの出来ない人間を美しいと思った。

巨大な水のベッド、大きな青い揺り籠のような人気のないプール。とても静かに、どんな音楽よりも精妙にあの人がたてるかすかな水飛沫。

俺は屋上の手すりの上でついうとうとする。

「エロカラス。いい歳をして、まだ人間の裸なんか見ているのかい」

耳障りな声がして、気がつくと公園に住んでいる昔馴染みの仲間が隣に止まっていた。

「ばかやろう。プールは銭湯とは違うよ。人間の裸なんか見たいものか」

もし全身が真っ黒でなかったら、きっと赤面していただろう。俺は慌てて視線の向きを変えた。

「おんなじことじゃないか。エロカラス」

嘴で蹴りをいれてやろうとしたら、奴は慌てて飛びすさった。

「カカーッカカー。中庭に住むエロカラス」

一生を汚らしいちっぽけな公園をねじろにして過ごす奴なんかに、この美しい中庭に住んでいる俺の喜びがわかるはずがない。バカなカラスの相手をしている間に、プールからあの人の姿は消えている。あの人の美しい体どおりに残っている水溜まりを俺は少し恨めしそうに眺める。

中庭に住んでいるからといって、勿論住人のすべてを知ることなど出来るはずもない。樹の上や階段の手すりから俺が眺められるのは、ごく限られた光景と生活の一部でしかない。

それでもここに棲みつくようになって、俺は人間の声にならない言葉や呟きまで少しわかるようになった。鴉の仲間ではこんな現象は死の予兆だと信じられている。あるいはそうなのかもしれない。最近では中庭にくる以前の記憶も習性も遥か遠くに感じられる。玄関の大きなフロントガラスに時々我が身を映してみないと、自分が鴉であるということすら忘れていることさえしょっちゅうなのだから。

中庭に棲んでいても、俺だって時々は高く、遠くまで飛ぶ。

でもどの街に出かけていっても、路地も人の群もえらく疲れる。だから最近はあまり寄り道をしないで、じきに棲みかに舞い戻ってしまう。

噴水の水を飲んで一休みしてから、十三階の部屋の手摺に止まる。千三百十二号室。俺のもうひとつの中庭。

広いベランダには、なんという樹か知らないが数々の葉が繁っている。小さなジャングルの中に身をひそめるように、俺は部屋の中を覗く。

まだ幼くてやっとペダルに足が届くくらいの少女がピアノに向かっている。一心に指を走らせているが、音は漏れてこない。サイレントピアノ。人間というのは奇妙なものを次々と発明するものだ。

少女の顔は誰にも聞こえない音楽の力で天使のように輝いている。俺はその姿を見ながら、世界中を満たす無音の音楽に酔い痴れる。

夕闇。まだ暮れてこない西の空のかすかな薔薇色に俺はやがてくる長い夜を察知する。人間が考えているほど青い色は美しくも、軽くもない。高くもない。それは俺の黒い翼の背後にますます重くのしかかってくる。

一日中、地面が陥没しそうなほどの勢いで鳴いていた蝉の声もずいぶん衰えた。蜩が澄んだ音で世界を垂直の断面に切って鳴きしきる。ああ、いいだろう。夏をそんなふうに薄く断ちきって、やがて粉々にしてしまうまで、鳴きしきるがいい。

ガワワ、ガガワ、ガァーア。俺も怪獣を真似た声でひとしきり鳴く。

生き物の悲しみは素早く連動し、正確に伝わるのだろう。マンションのあちこちから、赤ん坊がいっせいに泣き始める。

生きていく悲しみと嘆き、生まれてしまった悔いと怖れで、赤ん坊は泣き続ける。無知で無謀な若い母親のどんな甘言にも、すっぱいミルクにも騙されずに。

早朝には清々しく光に満ちていた中庭に阿鼻叫喚に似た生き物たちの泣き叫ぶ声や声にならない嗚咽が染み渡っていく。

「じきに夏も終りね。なんとなく中庭に秋の気配がする」

勤め帰りの住人がそんな言葉を交わしながら庭を過ぎていく。

やがてコロッケや唐揚げの匂い、カレーやごま油の匂い。出汁と、魚を焼く匂いなどの賑やかな夕餉の匂いの渦があちこちの部屋からふきこぼれ、漂いでてくる。

俺は深く息を吸い込んで、八百の部屋の夕飯の匂いを吸い込む。すぐ側に死にかかった蝉がうろついていても、亡骸になりかかったものなんか、もはや食いたいとは思わない。

空にはまだかすかな青さと薔薇色が残っているのに、早々と明かりがつく。中庭は湖のように青く翳って、回廊だけが光の河となって浮かびあがる。俺はなんということもない安堵と悲しみに似た心の衰えを紛らすために、いつか一度だけ聞いたことのあるカモメの声を真似て鳴く。

洗濯物を取り忘れた主婦が、ベランダに出て俺の声に耳をすます。

「海が近くにあるみたい」

ああ本当に、中庭を青い水が浸していくようだ。タイルを敷いた歩道が青海波《せいがいは》の模様にうねって、夜が満潮のように盛り上がる。ひたひたと、二十二階までそれは静かに昇っていくのだろう。少し眠い。中庭はもはや、フランスにある古い墓地と同じほど暗くなっている。一日が永遠のように閉じられるならば、俺はここに住むかりそめの神のようなものかもしれない。中庭に住む黒い神。今日一日で死んだ蝉の数よりも多い星が、俺の漆黒の翼めがけて降ってくる。

朝餉

朝から乾きに乾いた風が吹いている。見知らぬ部屋で目覚めて、聞きなれない音に耳を貸しながら、半睡のままうかうかと一時間ほど寝床で過ごした。

「おはようございます」

入口がするりと開いて、四十がらみの女の、薄く化粧をした顔が突き出された。

「夕べはよくお眠りになられましたか」

仲居が窓の硝子障子の一方をあけると、晩秋の果実のような陽が枕元まで射した。

「八時半に部屋食と伺っておりますので、そろそろ支度を始めてよろしいでしょうか」

追い立てはしないが、促す目つきになって聞くので、曖昧にうなずいた。

音を巧妙に消したすり足で次の間の襖を開け、また同じように硝子障子を引く。

「風はありますが、この季節では三日とないような素晴らしい秋晴れです」

それが宿の看板であり、ひいてはここで働く者の誇りでもあるといわんばかりに、ふっくらとした襟元の胸を張る。

「なるほど。だから朝からお姉さんも張り切っているわけだ」

丹前の紐帯をしごきながら起き上がって声をかけると、口を押さえて笑う。額の広い、眉の薄い、どうしても初めて見る女の顔である。

夕べ宿に着いてから、女将の挨拶を受け、部屋係の従業員にも接したはずなのに何も覚えていない。歳をとると眠りはますます死に似てくる。あるいはたんに覚醒が不完全で、どんな記憶も欠損が多くなるということだろうか。

窓からは裸に近い木々が見え、背後には紺青の稜線がくっきり見える。梢の隙間を埋め尽くす空の色。小学生がいっしんに塗りこめたような青色の、一片だに揺るがぬ朝である。

着いた時はすでに暮れていたが、確かに橋を渡った覚えがある。小さな建物を抱きすくめているような低い山。崖だったのやもしれない。蹲る山陰が宿を抱き、宿は木陰から漏れる明かりを隠すように建っていた。木の門と石の道があり、石蕗《つわぶき》の花が咲いていた。

「お茶をお持ちしました」

お茶の前に差し出された熱いお絞りで手をぬぐう。なるほど小体なわりには行き届いた宿である。紹介してくれた友人は「温泉はないが、それでもいいか」と念を押した。いい、と答えた。静かに眠れれば結構。食事も不要なくらいだと思ったが、素泊まりというのも気がひける。家を出てから、駅前で蕎麦を食べただけだから、腹はすいている。といってもまさかこんな空腹で、朝飯が待たれるとは予想もしていなかった。

熱いお絞りで丹念に手や首筋をぬぐうと、眠っただけなのにずいぶんと汚れていたことに気づく。夢の中で思わず解き放たれた欲望や我執が、日ごろ溜まっていた皮脂や角質となって浮き出たりするものなのだろうか。

またたく間に冷たくなったお絞りを女のように小さく畳んで、口をぬぐっている。夢など何千回見ようと、忘れ果てようと埒もないことである。

夢の残滓を人肌に温めて、そそくさと繕ったような顔の女が二人、大仰な盆を抱えて入ってきた。間もなくワゴンが止まる音がして、腕だけの手が釜とポットを差し出す。二間続きの部屋に朝食だけの男客。行楽シーズンの終わった山間の宿は客もまばらなのだろう。もしや客は自分だけではないかという、愉快とも当惑ともつかない予想が胸をよぎる。女二人にかしずかれる朝餉など、長い生涯でたった一度のことかもしれない。

客の苦笑を何と勘違いしたのか、配膳の手を止めて、年配の仲居がやや困惑の表情で仰ぎ見る。「和食でよろしかったでしょうか。平日はバイキングの支度もありませんし」

「もちろん、結構。いい匂いがして、美味そうだ」

儀礼でも世辞でもない。食卓に次々と並べられる皿小鉢を眺めながら、その彩りと匂いに他愛なくうきうきしているすきっ腹の客なのだ。

「紅葉狩りのお客様がみんなお帰りになった今頃から、山里の味覚の秋が始まって。茸も新米も今が一番美味しい時期です」

「朝からわっぱ飯とは豪勢だねえ」

木の香りと何かが燻されて焼けたり焦げたりする匂いとが混じりあって、心地よく鼻を刺激する。出汁と味噌と米の匂い。湯気と水と野菜の香り。きりもなく刺激される嗅覚が味覚と直結して、やすやすと思い出したくない過去の記憶を釣り出してしまう。

一度だけ女と暮らしたことがある。料理の上手な女だった。まだ若かったのに、漬物や精進料理が得意だった。寺の厨房を手伝った経験があったという。編み物も縫い物もよくした。気がつくといつも手足を動かしていた。

嫁と決まったわけでもない同棲相手を母親がしつこく忌み嫌ったのは、歳のわりに何ごとにつけ出来過ぎていたせいかもしれない。

「女の苦労は疚しいもんだよ。どうせ海千山千に決まってる」

女親が心配という頭陀袋の口を開ける時、その底なしの薄暗い袋の中に必ず妬みと姦計がしまってあることを、まだ若かった私が気づくはずもなかった。

女とは彼女のアパートで一年暮らして別れた。別れたなどときれいごとを言っても仕方がない。女は姑の干渉に疲れ、それに翻弄される男の不甲斐なさに傷つき消耗して去っていった。見捨てられた男は別離の原因となった女親の待つ家に帰った。

三十数年前の回顧を終えると、食卓を埋め尽くすかに見えた朝食の支度もさすがに済んでいた。仲居たちが下がった後、改めて呆然とした。なるほどこれが朝餉というものか。

湯気と湯気の間に暖かさと香りに包まれた島のような皿が置かれている。朝から湯豆腐の鍋があり、鮎の一夜干しがあり、当たり前のように出汁巻き卵があり、山菜の天麩羅が並び、菊膾の小鉢まである。わっぱ飯には茸や栗が彩りよく炊き込んであり、椀にはすり身の団子が沈んでいる。

宿の食事としては際立って奢侈というわけではないのかもしれない。勤めていた頃、接待の会食や旅行先で同等の食事を何気なく食べていたこともあった気がする。

だが少なくともここ五年、いや十年近く、これほどの朝食にあずかったこともなければ、心に思い描いたこともない。こんな清清しい目覚めと、閑雅な部屋と、豊かな香りの共演のような朝餉が用意された日々となんと遠く遠く、隔たった生活であったことか。

目覚めるやいなやすぐにあの声が聞こえ、眠りの戸口にまで夜番のように立っている同じ声があった。

トシノリ、トシノリ、いるのかい。いるんだったら、返事ぐらいおしよ。トシノリ、いつ帰ってくるのかい。トシノリ。

トシノリ。それが八十七歳の老婆の、六十五歳になる息子の名前であった。

「申し訳ありません。薬味皿を忘れておりまして。お持ちしました」

完璧に見えた食卓の隅に、女がいそいそと皿を足す。鳥の餌のような薬味が紅葉の形の皿に並べられている。

ふと、去っていく仲居の足袋につつまれた足首を捉えてみたいという欲求が目覚めて、その唐突さに箸を持った手が止まる。あっけなく崩れて、慌しく繕う女の見慣れぬ顔や肢体にすぐ喚起される欲望があるとも思えない。朝食前の思いつきは男の欲情というより寧ろ、少年のはしゃぎの続き、ちょっとした悪戯の域を出ていないような気がする。

女の持ってきた薬味皿に手を伸ばして、当てずっぽうに口に含んだ山椒の実がひりひりと舌を刺す。

それはまだ一点の曇りも瑕瑾もない旅の朝の、一粒の苦さであり刺激でもある。

トシノリ、大きな声をあげないでおくれ。心臓に響くよ。ドアを乱暴に開けたりして。トシノリ、そっと歩いてくれないと、眠れないじゃないか。廊下の灯りはつけっぱなしでいいよ。夜中にトイレに行く時、あんたの影が見えたりすると、息子ながらドキッとして、血圧があがっちゃうよ。

四六時中、要求される労わりと思いやり。無関心も嫌悪も示さない飼い馴らされた大人しい息子という役割。

どんな暴力も刺激もない暮らしとは、エロスのまったく介在しない生活ということである。

焼き魚の香ばしい匂いが鼻をくすぐる。湯豆腐から立ち昇る湯気に顔を近づけて、もう一度初老の旅人の顔に戻る。

風干しにされた鮎をむしり、玉子焼きにたっぷり大根おろしをのせる。わっぱ飯を抱えて、一気に頬張る。山菜の天麩羅にかぶりつき、椀の汁をすする。よく似た箸づかいの、せわしなく咀嚼する音を気にすることもなく、気儘に食べ散らかして、長々と満足の息を吐く。皿に残ったものに次々と箸を伸ばし、唐突に中断する。

かすかに時計の音が聞こえた気がして、視線が一瞬宙を泳ぐ。九時になると母親は床板の軋む台所に立って、二百ccの牛乳を飲む。紙蓋を苦労して剥いでいる姿が目に浮かぶ。

憎んでいるわけではない。親しく和して、睦まじく暮らしたいと願ったこともある。急激に老いていく母親と、ゆっくりと着実に老いに近づく息子。落剥と衰弱を受け入れて変容していく女と、喪失と衰退を怖れる初老の男。母親は日々苛立ちと不遇をかこち、息子は曖昧な拒絶の殻に閉じこもる。

トシノリ、いちいち文句を言うのはやめとくれ。たとえ息子でもとやかく言われたくないよ。ずっと家族の世話ばっかりしてきたんだ。そろそろ気儘にしたいだけさ。しょうがないだろ。この歳になれば、嫁がいて、孫がいて。とっくに楽隠居が当たり前なんだから。

我慢するのはたやすいと思っていた。欺瞞を尽くすほどのこともない。母親と息子の役に変わりはなく、ありきたりの家族の形をなぞっていればいいのだと。

椀の蓋を入念にして、箸を揃え、鳥の家族が荒らしたような、にぎやかな乱雑さをそのままにして、立ち上がる。

窓を開けると、また風が出てきたのがわかる。庭の隅にある林檎の木が揺れている。あちらからこちらへ風の道にそって眺めると、和風の宿にしては珍しく松や楓より果樹や落葉樹の目立つ野趣のある庭だと知れる。

楢や椽の木の下に温室らしい小屋があって、隣は薔薇園になっている。お決まりの白いアーチにすがれた枝が絡まり、遠目からでも秋薔薇がちらちらと咲き残っているのがわかる。傾いた棕櫚の木、金檜葉の囲んでいる畑は宿で使う薬味でも育てているのか。

庭いっぱいにさまざまな色の枯葉が散り敷いて、鮮やかにも無残にも見える晩秋の光景である。

「お食事はお済みですか」

宿にいる従業員が一人づつ顔見世でもするかのように、今度は若くて背の高い女がもの慣れない様子で部屋に入ってきた。

「久しぶりにたっぷりと朝飯を食べた。あまり美味いので喰い過ぎたらしい」

普段の寡黙と違って、つい愛想らしい口をきくのは、やはり女の若さと思いがけない美しさのせいだろう。

「ありがとうございます。こんな鄙びた山の宿ですが、朝食だけは自慢で、旅の雑誌に朝食の美味い宿として選ばれたことがあります」

俯いたまま少し気負った声で一気に言う。あどけなさの残る表情を珍しい鳥でも愛でるように見る。気がつくと朝から出入りしている仲居より明らかに高価そうな着物を着ている。

「あれっ。夕べ挨拶をした女将さんだったかな。年寄りは忘れっぽくて」

「いえ、昨夜挨拶を致しましたのが女将で、私は嫁です。嫁いだばかりで、色々と不調法ばかりで申し訳ありません」

若さと美しさだけでこれほど心が騒ぐはずもない。気分がげんきんなほど浮き立つのは、嫁だという若女将の含羞の初々しさであったと合点がいく。

「そうですか。こちらこそ失礼しました。若女将とは気づかなかった」

確かに慣れているとは言いがたい手つきで皿や鉢を重ねている。ショートカットの頭が一生懸命といったように忙しく動く。上から見ていると艶やかな髪の中につむじが二つある。聡明で勝気そうな表情を盗み見ていると、高校を卒業してまもなく事故で死んだ妹のことが思い出された。

「失礼だけれど、おいくつですか」

錆朱色《さびしゅいろ》の着物に包まれた背中がぴくんと止まった。

「ここへ嫁いで丸二年ですから、二十七になります」

「二十七歳ですか。若いはずだ」

軽く笑って、また窓の近くに戻った。余り近づくと仕事の邪魔になる気がしたし、距離を置いて見る方がこちらも観察しやすかった。

「今の若い人は背が高いんだね。スタイルがいいわけだ」

たとえ相手が宿の若女将でも初対面の女性に身体的な特徴などいちいち口にしないほうが無難なのはわかっている。それが挨拶程度の褒め言葉や好意でも、何かと剣呑な世情である。

「学生時代にバスケットをしていたので、特別大きいんです。背中も腕も手も。だから後片付けには重宝だけど。義母にはいつも和服の寸法に困るって言われます」

こだわりのない快活な答が返ってきて、心が和んだ。

確かに力仕事には便利に違いない。配膳用の大きな盆を両手で抱えて立っているので、慌てて戸を開けてやると、ぺこんと学生のようなお辞儀をした。バスケット部のエースにふさわしい清清しい笑顔である。

妹は運転免許をとった一ヵ月後にガードレールにぶつかって死んだ。一人娘の死という悲劇にうちのめされた父親は、その二年後にあっけなく逝った。

成人前の娘と五十を過ぎたばかりの父親の保険金で、母親はそれから三十数年を生きている。死は優しく無難に忘れられ、生は惨たらしく無感動に続く。忘却という水平線に一直線につながるまでずっと。

すっかり朝食の後片付けが済んだ食卓のまわりに、若い女性のうっすらとした体臭が漂っている。若女将がバスケットで鍛えた体で生真面目に働いている匂いであろうか。そのあえかな匂いも消え失せたら、私はもうここに安閑と居座っているわけにはいかないのだ。

彼女にも言った通り、豊かな朝食にすっかりはしゃいで食べ過ぎたらしい。自分を励ますように立ち上がって、ゆっくりと洗面を済ませ、着替えをした。

「失礼します。お茶をお持ちしました」

ひと仕事済ませたらしい若女将が、早々と化粧の剥げかかった、その分若々しく見える表情できびきびと茶の支度を始めた。

「昨日は温泉に行かれましたか。もしまだでしたらゆっくり出来る日帰り温泉にでもご案内致しますが」

「近くに温泉があるんですか。昨日はまっすぐ宿に来たので、周辺のことは何も知らないいんですよ」

湯呑にたっぷり過ぎるほど茶を注いで、若女将は幾分客に馴染んだ様子で持ってきた菓子を勧めた。

「干菓子の吹き寄せですか。きれいなもんだ」

満腹を持て余していたくせに、性懲りもなく栗の形をした菓子に手を伸ばした。三センチほどの和三盆を口に含み、それが溶けるほんの束の間母が恋しかった。死者の保険金で便々と生き延びている老婆ではない。私と幼い妹のために茹で栗をいっしんに剥く母である。栗飯と渋皮煮と、正月用のきんとんを作るために、炬燵の隅に浅く座って器用に小刀を使う若い母である。

薄目に入ったお茶を、世の中で最も苦いもののように顔を顰めて飲む客を、若女将がいぶかるように見ている。

「こちらへは急な御用か、お仕事のついでですか」

八十七歳の老母への度し難い怒りの発作。半生に及ぶ抑制の糸を引きちぎった勢いで、無様に逃走してきたと打ち明けたら、他人はどれほど驚き呆れるだろう。

「出てっとくれ。そんなに嫌なら。一緒に住んでくれなんて頼んだ覚えはないよ。どうせおまえだって、他に行くとこはないんじゃないか」

悲鳴のような声を聞いた気がして固く目を瞑り、残っていた茶を飲み干した。口の中の甘さは一掃されて、初老の男の錆びた鉄に似た我執の味が残った。

咀嚼することも、嚥下することもできないものをまだ口一杯に含んだ様子をしていたに違いない。あるいはこうしたうら寂しい山間の宿には、同じような男や女が逃げてでもくるのであろうか。若女将は歳に似合わない労わりの眼差しで私を見た。

「朝食は名物のわっぱ飯を召し上がっていただきましたが、もし里歩きの御予定でもありましたら、簡単なお握りのお弁当を用意させますが。新米のおむすび、美味しいんですよ」

「昨日、来る途中はずっと田圃だった。このあたりはまだすぐ脱穀しないで、天日干しをするんだね。刈穂を掛けたものをずいぶん見たよ。手間のかかる分、きっとうまいんだろう」

声が障子や畳や、柔らかい陽を浴びている壁にまで染み透っていくような静けさである。静謐が凝っているような薄緑色の茶を飲み干すたびに、胴のふっくらとした急須を少しゆすって若女将がまた新しい茶を注ぐ。上背のある体がしなって、俯いた目が半眼になっているように見える。

寂しさというのは不思議なものだ。傍に誰かがいるだけでつい甘えて、まるで軽い患いのように心をいっそう弱くさせる。

「今度来た時に、自慢のおむすびを食べさせてもらうよ」

長い年月、拒むことを宿痾としてきた男にとって、この甘い静けさも、束の間の和合も尊いからこそ危ういものだ。

「刈り取った稲の切り株にもうヒツジが生えていた。稲というのは生命力が強いものだね」

「えっ、ヒツジが生えていたんですか。ヒツジって何ですか。すいません。私、まだ見たことがないんです」

驚きを隠さない女学生のような声をあげて、若女将がまっすぐに私を見る。

「あっ、そうか。たとえ現物は見ていても、若い人はヒツジなんて言葉、知らないのは当然だ。ほら、稲刈りの跡の切り株から若緑色のひょろひょろした稲の新芽みたいなものが生えてくるだろ。それのことだよ」

説明してもまだピンとこない顔をしている。

「すいません。お客様にこんなことお聞きして、恥ずかしいんですけど。どんな字なのか教えていただけないでしょうか」

帯の隙間からメモのようなものを取り出して、ボールペンを添えて出した。多分女将修行の心得としていろいろ書き留めているに違いない。

「多分こんな字のはずだけれど。後で辞書をひいて確かめて見てください」

書いている手元を熱心に覗きこむ目つき、息づかい。漢字の苦手だった妹は辞書をひくのを面倒臭がっていちいち私に訊いた。教えるとこんなふうに無邪気に寄り添ってきたものだ。

「初めて見る漢字です。有り難うございました」

素直に感心した面持ちで、書かれた文字を見ている。ヒ、ツ、ジ。と呟く口元があどけない。こんなふうに私が愛し、真に守りたいと思うものはあらかじめ失われたものばかりだ。

「私にはヒツジより新米の方が楽しみだ。今度はきっと美味いおにぎりを作ってもらうよ」

もう充分だろう。恩寵に似たたった一度の朝餉は終わったのだという声がしきりにする。

「是非またお立ち寄り下さい。お待ちしています」

屈託のない無辜な横顔を見せて、若女将が立ち上がった。これほどまでに易々と若い命は自分の前から消え失せると思いながら、振り返ることはしなかった。

窓を見ると、いっかな止みそうもない晩秋の風に乗って、鮮やかな色の枯葉がくるくると旋回して過ぎるのが見えた。

坂を下りてくる人

坂というものはどんな坂でも天国に似た傾斜を持っている、とメイさんは言う。坂というのは、いつでも少し奈落のイメージをひきずっていると私は思っている。

坂の途中にある喫茶店に出勤するために、私は毎朝坂を半分だけ上ってくる。

午前九時半。開店準備がみんな終ってから、今日初めてのコーヒーをたてる。一杯目を飲み終わる頃、メイさんが坂を下りてくる。

「秋晴れね。空気が澄んでいるから、坂の上からもうコーヒーのいい匂いがしてた」

化粧をしていないメイさんのつやつやした頬と、湿原に残った水のような大きな目を見ると、今日も一日彼女と働ける嬉しさがこみあげてくる。

「坂を上がってくると、途中から鳥の声がうるさいほどだった」

私はメイさんのためにコーヒーを淹れながら話し始める。

「そうそう。私は鳥のお喋りの真ん中を突っ切って、下りてきました」

二人が定位置についてお喋りを始め、五分ほど経った頃、シンさんが店のドアを開ける。

「おはようさん。あれっ。お邪魔だったかな。女同士で楽しそうにお喋りしてるから、邪魔をするみたいで気がひける」

「お客様が邪魔な店なんかありませんよ」

シンさんの好きな氷をいれたレモン水を運んでゆきながら、メイさんがにっこり笑う。

「ほら、胡桃。公園の脇に落ちてた」

シンさんはポケットの中からまだ青い皮が少しついた実を取り出してメイさんに見せる。

「私、胡桃大好き。いっぱい拾ってきたら、胡桃のパイを作りましょう」

「胡桃は歯の弱い年寄りは苦手なもんだ。パイなんてもっと食いにくい」

朝刊を読みながらシンさんが文句を言う。年寄り、年寄りと言うのが口癖だけれど、実はそれほど老人ではない。「私と二回りしか違わない」といつかメイさんが言っていた。

新聞をきれいに畳んで、コーヒーを飲み終わるとシンさんはすぐに帰っていく。

空いたカップを片付けながら、メイさんが坂を見上げて、「あっ、お客さんが来る。私は坂を通る人を見ると、店に入るかどうかわかるの」とうきうきした声で言う。

メイさんの勘は当たって、若い女性がドアに体当たりして入ってくると、元気な声でカフェオレを注文した。豆を挽いている傍らで、メイさんがまた坂の方を振り返った時、ちょうど植え込みの隙間から男の人の頭が二つせりあがってきた。

いつものように時間が流れ、坂には人通りが増えていく。カウンターに並べたサーバーも休みなく回転して、メイさんは軽快に客の間を往復する。水を運んだり、カップをさげたり、灰皿を取り替えたり、ケーキを並べたりする。

開店から一時間半が経つと、客の流れが一旦途絶える。もうすっかり日が高くなって坂はふんだんな光に包まれ、街路樹の影が店の日よけにくっきりとした影を作る。

「ちょっとひとやすみ」

ドアを見張る位置のカウンターの隅にメイさんが腰かけ、私は外から見えないように蹲って今日最初の煙草を一本吸う。メイさんは自分用のカップに注がれたコーヒーを大切そうにゆっくり飲む。

「ハワイコナね」

私が頷くと満足そうな笑顔になる。そんなふうに笑うメイさんを見ると、開店したばかりの店に偶然彼女がやってきた日のことを思い出す。

冬の初めの寒い日だった。坂の上には山茶花の花びらが散っていて、銀杏が透き通り始めていた。開店して一ヵ月、「従業員募集」の張り紙を見てやってくる老若男女の面接に私はほとほと疲れきっていた。

「美味しい。こんないい香りのコーヒー、生まれて初めて飲んだ」

見かけない客なのに、とても親しい寛いだ様子で彼女は言ったのだ。美味しいコーヒーを淹れることを一生の目的と決めた人間にとって、それは何という魅力的な殺し文句だったことだろう。

「本日のコーヒーはハワイコナです。当店自慢の一品ですから」

「コーヒーってこんなに種類があるのね。みんな飲んでみたくなっちゃう」

客の言葉には、訛りとも違うアクセントの微妙なズレがあった。それが彼女の深い声に、不思議な甘さを与えている。カシミアの茶色のセーターを着て、豊かそうな髪を独特の形に結っていた。

「毎日違うコーヒーを最低三杯は飲めます。働きませんか、ここで」

自分の申し出の大胆さに我ながら驚いていた。

「ここで。私が」

少し俯いた後、すぐに顔をあげるとにっこり笑った。

「今日から働きますから、もう一杯コーヒーを下さい」

あれからもう何百杯くらい、私の淹れるコーヒーを彼女は飲んだことだろう。メイさんがコーヒーを飲む時の期待に満ちた、少し厳粛な感じすら漂う一瞬が私はとても好きだ。柔らかく受け入れて、心おきなく味わい、静かに満ち足りる。カップ一杯のコーヒーを飲むたった数分のことだけれど、こんなにも誰かと共に在るという幸せを感じる時間はない。

「エンゼルのパンが焼きあがった頃だから、買いに行ってきます」

エプロンをはずし買物袋を持ってメイさんは出ていく。その姿はすっかりこの町の人らしく落ち着いているのに、後ろ姿が見えなくなると、どういうわけか決まって不安になる。

時間が経っても、メイさんが帰ってこなかったらどうしよう。一時間に数本あるバスに乗って知らないうちに坂を行き過ぎていってしまうかもしれない。タクシーの後部座席で目をきつくつむった彼女が、今しも通り過ぎていったかもしれないのだ。

「マスター。アイスコーヒー」

客の声ではっと我に返る。時計を見るとメイさんが出て行ってからまだ十分しか経っていない。アイスコーヒー用のイタリアンブレンドを挽きながら、つい視線は坂の方に逸れてしまう。

グラスに入れた氷の上から濃いコーヒーを注ぐ。氷がくらりと揺れ、かちゃっと鍵がかかったような、外れたようなかすかな音をさせる。

客の前にグラスを置いた後で、また坂を見る。昼休みになったサラリーマンや、近くの工事現場の男たちがひとかたまりになって、ぞろぞろと坂を下っていく。

制服を来た女の人が二人入ってきて、「今日はパンセット、ないんですか」と聞く。

「すいません。今、買いに行っているので、少々お待ちください」

ドリッパーから滴るコーヒーの滴がいつもより早い。ポットから注ぐ湯の量がちょっと多いせいだ。二十年もコーヒーを淹れてきて、体に染み込んでいる時計が狂ってしまったのだろうか。坂の途中に店なんか出すんじゃなかった。コーヒーをカップに注ぎながら、いつもの悔いが棘のように全身を刺す。

「ごめんなさい。パン屋さんがとても遅れたの。お客さん、すごい行列」

息を切らしたメイさんが、坂を上ってきたのは十二時を十五分ほど過ぎてからだった。

「今日に限ってどうしていつものパン屋さん、遅れたの?」

昼休みの混雑も終って、サンドイッチの昼食をとっているメイさんに尋ねた。

「あのパン屋さん、夫婦でやっているのに、今日は奥さんがいなかったの」

風邪でもひいたのかな、と呟いてメイさんは二杯目のコーヒーを静かに飲んでいる。

「お先に失礼します」と小さな声で言ってエプロンをはずすと、メイさんは薔薇色の大きなショールを身体にふわりと巻きつける。

メイさんが坂を上っていく。薔薇色の塊が夕闇の中で黒ずんで見える。マーケットも駅も坂の下にあるから、今日はどこへも寄らずに家に帰るに違いない。心もち早足になっているから、もしかしたら坂の上で誰かが待っているのかもしれない。

「おやすくないね、マスター。溜息なんかついちゃって」

美術館から帰ってきたレエさんが、カウンターの隅から笑いを含んだ声でいう。店に溶け込むようなベージュのセーターを着た彼の存在を、すっかり忘れていたらしい。

レエさんは午後四時まで区立美術館でボランティアの仕事をしている。今日は搬入の手伝いで、いつもより一時間遅れて店にやってきた。

「いつか聞きたいと思っていたんだけど。女性なのにマスターはなぜマスターなの？」

「私はここでは名前はないの。マスターというのが存在のすべて」

「なるほどね。ほら、出来たよ、マスター」

レエさんのスケッチブックには、今朝シンさんが持ってきた緑と茶色の斑模様の胡桃が二個並んで、繊細なタッチで描かれている。ほんの少し触れて、でも今さっき別れを言ったばかりのように、小さい方の胡桃がころりと横を向いている。

朝から雨が降っている。傘をさすのを迷うくらいの静かな霧雨。どこかで木の葉を燃やしているのだろう、いい匂いのする細い煙が坂の途中にたなびいている。足元に散り敷いている落葉は、濡れて鮮やかさを増した赤や黄色のモザイクとなっている。

こんな秋の朝にはお菓子のように少し甘い香りのするコロンビア。

湯を沸かし始める前から決めていて、メイさんが来るのを待っている。坂の方はわざと見ない。時計も見ない。こんなふうに誰かを待つのはとても危険なことだと、だいぶ前から気づいている。気づいていながら、二つのカップを暖め、豆を挽く準備をする。

同じようにたった一人の人のために、正確には二人で飲むためだけにコーヒーをたてていた長い歳月が私にもあった。レエさんに訊かれた人称も性別もあった頃。ずっと昔、この坂の遥か下、小さくて見えなくなるほど遠い遠い世界でのこと。

「おはようございます」と雨の匂いをさせてメイさんが入ってくる。頬を上気させたまま、ポケットから拳大ほどの見事な赤い柘榴《ざくろ》を取り出した。

「素敵でしょ。宝石のような真っ赤な実がいっぱい詰まっているよ」

先は鳥の嘴に似て尖っているけれど、反り返って割れるはずの隙間はなく、まだルビー色の種子は一粒も見えない。

「柘榴なんて、珍しい。どうしたの」

内緒よ、とメイさんは鞣革《なめしがわ》に似た柘榴の果皮を撫でたり、両手で包んだりしている。

「昔、私の家にも柘榴の木があった」

メイさんが思い出話をするのは初めてだった。普段、何気なく生い立ちや出自を尋ねても上手に話を逸らしてしまう。私生活のことは昔にしろ今にしろ話したくないのだと、遠慮して質問することもなくなっていた。

「柘榴はとても縁起がいいの。だからマスターや私にもきっと」

メイさんが珍しく懐かしそうな口ぶりで何か言いかけた時、シンさんの「おはよう」という挨拶が聞こえて、話は途切れてしまった。

「すっかり寒くなったねえ。霧雨なのにけっこう濡れる」

湿った上着を椅子の背にかけると、両手を寒そうにすり合わせていつもの席に座った。

「柘榴、きれいでしょ」とコーヒーを出しながら、メイさんがシンさんにも見せている。

「ああ。きれいだけど柘榴って酢っぱいからな。口が曲がるほど酢っぱくて、ちょっと苦い。戦争中はこんな種だけみたいなもんでも、よく食ったよ。まるで鳥みたいに」

生憎シンさんにとって、柘榴は縁起が良くなかったらしく、さほど感心した様子もなくいつものようにすぐ朝刊を読み始めた。

じきに店は混んできて、メイさんとのお喋りの続きをする隙はなくなってしまった。

午後になると雨はあがって、坂の上から薄日がさしてきた。やっと昼時の混雑も一段落したので、メイさんには銀行におつかいに行ってもらっていた。

「この柘榴、日本のじゃないわね」

カウンターに座るとすぐに柘榴を手にとったのは、近所の茶道の先生だった。

「カリフォルニアかしら。あっ、違う。チリだわ。マスター、これはチリ産の柘榴よ」

彼女の注文はいつもイタリアンの上にホイップしない生クリームを浮かせて飲むカフェコンパンナだった。熱くて苦いコーヒーと甘くて冷たい生クリームを口の中で溶け合わせるのが気に入って、週に四回は通ってきている。

「日本の柘榴と違って外国産の柘榴は熟しても割れないのよ。ほら、マスターもご存知でしょ、グレナデンシロップ。あれは柘榴の実を抽出して作るの。外国の人には赤い粒のひとつひとつを宝石のようだ、と鑑賞する美意識はないのかもしれない。これもナイフで裂いた方がいいわ。放っておくと中で腐っちゃう」

ナイフで裂かなければならないと、メイさんに説明するのは気が進まなかった。裂いたり、割ったりした瞬間、血のような赤い滴が滴り落ちてくるのを見たくも、見せたくもなかった。鬼子母神が人間の子の代わりに貪ったという話をメイさんは知らないのかもしれない。といってこのまま腐っていくのを見るのも偲びない。メイさんが帰ってくる様子のないことを確かめてから、急いで柘榴を引き出しの奥に隠した。

メイさんが坂を下りてくる。私は下で彼女を待っている。風が吹いて彼女の髪を乱し、薔薇色の服を吹き上げる。少し太ったのだろうか。風にあおられたメイさんの腹部が丸く膨らんでいるように見える。そう言えば、歩き方もいつもと違う。たゆたうような足取りで、まるで何か大事なものを守るように両手を腹部にゆったり置いている。

声をかけようか迷っているうちに、彼女は徐々に近づいてくる。

「メイさん」

私の声は届いたのだろうか。彼女がふっと我に返ったように両腕を開くと、膨らんでいた服の中からたくさんの柘榴が転がり落ちた。それは昨日私がひそかに処分したチリ産の柘榴ではない。多分彼女の故里に実っていたものだろう。坂を転がり落ちながら柘榴は割れて、中から赤い種子がきらきら輝きながら落ちてくる。まるで血飛沫のように、それは坂を濃紅色に染めていく。

夢なんてずいぶん久しぶりに見た。目が醒めても、血に染まった赤ん坊の乳歯のような柘榴の粒がしつこく蘇って、何度も目をこすらなければならなかった。

坂の上は秋晴れ。破璃のような澄み切った空に白い飛行機雲が筋を引いている。こんな日は軽い酸味のコスタリカ。

「マスターのコーヒーのセンスは最高」

ミルク色のふわふわしたセーターを着たメイさんが朝の一杯を飲みながら目を細める。今朝のメイさんは少し寝不足なのか、いつもの潤んだような目がちょっと充血している。まるで私が夢で見た柘榴の果汁が一滴飛び散ったみたいに。

「メイさんは家に帰ってもコーヒーを飲むの」

「家では飲まない。美味しいコーヒーをここで毎日飲んでいるから」

「じゃあ、家ではどんなお茶を飲んでいるの」

「紅茶。時々はプーアール茶」

メイさんが思いがけないお茶の名をすらすらと口にした時、女性客が三人入ってきた。

「アメリカンを三つ。アップルパイを三つ」

オーダーを済ませるとすぐに、揃ってバッグの中から薄い冊子を取り出して広げた。

「今朝の牧師様のお話の感動的だったこと」

「ええ。わたくし感激して涙が止まりませんでした」

「主の導きが最後に示されて、罪人は救われる。なんという深い御心でしょう」

ケーキのセットをしながら、メイさんがそっと聞き耳をたてている。珍しく坂の方も見ずに、客の様子をちらちらと観察している。

同じような眼鏡をかけ、三人とも抑制された似た声なので、客は姉妹のように見える。彼女たちだけでなく、近所の教会の信者とおぼしき客はみな血縁関係があるように似ている。

「また主の生誕の日がやってまいりますね。その日がどんなに楽しみなことか」

うなずきあって、アップルパイのフォークを置いた。三人の客をじっと見ていたメイさんの目が習慣になっている坂の方へ放心したように逸れていく。

客を見送って外に出たメイさんが、いつまでも店の前に立ち尽くしている。

ミルク色のモヘアのセーターをかすめて過ぎる鳥影。街路樹の隙間の湖のような空。梢を揺する風。買い物のカートを押して老婆がゆっくりと坂を上る。どこか遠くで自転車のブレーキの音。店には湯の滾る静かな気配と、いつものようにコーヒーの香り。

ドアを後ろ手に閉めて入ってきたメイさんが、澄み切った声で言った。

「こんなに素晴らしい景色だけれど、ゴルゴタの丘を思い出すから、きっと神様は坂道が嫌いね」

「パンの味がちょっと変ったみたい。エンゼルの奥さんはまだ店に出てきてないのね」

「そう。今はアルバイトの人が手伝っている」

豆の選別をしていたメイさんの手が止まり、心配そうに顔を翳らせた。

「ランチのパンセット、止めた方がいいかな」

「マスター、それはもう少し待って。全部の種類食べたわけじゃないから」

コーヒー専門店だから店には厨房がない。コーヒー以外の食物の匂いがするのは困るからケーキも出来上がったものを持ち込んで、売り切れればお終いである。ケーキの他にはトーストがあるだけで、他の食べ物は一切出さない。頑な私のこだわりを知りながら、メイさんはエンゼルのパンだけに限って、ランチメニューにすることを提案した。

試食してみて驚いた。上質な小麦粉とバター、丁寧な仕事ぶりや食材のこだわりもだけれど、何よりもその味のどれもがコーヒーととても相性がいい。パイ生地の軽さ、甘さの加減。木の実やフルーツのバランス。パリっとした皮のプチパンもサンドイッチも、店で扱いやすい小ぶりなものばかりだった。

『エンゼルのパンとコーヒーのセット』はこうして店の評判メニューとなった。

「ランチのパンセットがなくなると、がっかりする人がたくさんいるから」

十二人で満席の店の、たった一時間半のランチセットだから「たくさん」といってもたかが知れている。メイさんが、少し味が落ちてもパンセットを続けたい訳はわかっていた。

「メイさんは、リュウさんが来なくなるのを心配してるんでしょ」

言い当てられて、彼女は慌てて顔を伏せる。リュウさんが初めてこの店にきたのは、「エンゼルのパンとコーヒーのセット始めました」という掲示板を出して三日目の午後だった。まだ始めたばかりなので知る人も少なく、その日もパンはずいぶん余っていた。

「あのう、昼のパンセット、まだありますか」

ランチタイムの終了間際に入ってきた青年が、緊張した声でメイさんに尋ねた。

「どうぞ。お好きなものを、二つおとり下さい」

パンを盛った柳の籠をテーブルに置くと、客の顔に少年のような笑顔が広がった。

「このパン、何の味。隣のサンドイッチの中身は？」

目を輝かせて訊く青年に、メイさんが極上の笑みを浮かべたまま、詩を朗読するようなきれいな、淀みのない調子で説明をする。

「これはダークチェリーのデニッシュ。クロワッサン。小さなサンドイッチの中身は胡瓜。隣は洋梨のパイ。このプチパンの中は生ハムとルッコラ」

青年がパンを食べ終る頃、絶妙のタイミングでメイさんがコーヒーのおかわりを運んだ。

「美味しいコーヒー。パンはあなたが作ってるの。とても上手ね。日本に来て今日が一番ステキなランチ」

首にぶら下げているネームプレートで青年の名前はすぐに知れた。リュウさんは近くの会社に勉強に来ている留学生だった。

それから週に二日か三日、ランチの客が一段落した頃を待って彼は現れるようになった。

「リュウさん、来るのが遅いので売れ残りのパンしかない」とメイさんは気を揉むけれど、彼はむしろ「選ぶのに迷わなくていい」といって、にこにこしている。

いつも単語帳のようなものを広げて勉強しているリュウさんに、メイさんはコーヒーのお代わりを運んでいく時だけ、二言三言話しかける。

「日本語が上手になった」とか、「少し、痩せたみたいよ」とか、離れて暮す姉が弟を心配するような口調で遠慮がちに、眩しそうに彼を見ながら話す。

パンの代金では一切儲けず、コーヒーもその時間だけお代わり自由という格安な「ランチセット」以外ではリュウさんがこの店に来られないのを知っているから、メイさんはひそかに心配しているのだった。

ランチセットはとりあえず続けていたが、リュウさんは十日ほど店に現れなかった。

「今日のライ麦パン、いままでと味が違う。これじゃあクリームチーズとあわない」

「やっぱりパンセットを止める潮時かもしれないね」

店に客がいない時にそんな相談をしていたら、リュウさんが入ってきた。いつもの作業服の変わりに紺のスーツを着ている。

「ごめんなさい。もうランチタイムは終わってしまったの」

メイさんが慌てて声をかけると、わかっているというふうにリュウさんは頷いた。

「この店で一番美味しいコーヒーください」

「マスター。ハワイコナ」

メイさんは満面の笑顔で私にオーダーをした。

いつも単語帳のようなものが入っている布のバッグから、リュウさんは小さな花束を取り出すと、水を運んでいったメイさんに渡した。

「これ、とても親切にしてもらったお礼です。私は明日、国に帰ります」

お盆を持ったまま、メイさんが倒れるのではないかと思った。花束を受け取った彼女はひどくバランスを欠いたターンをして、体をこっちに向けた。泣き笑いのような表情が固まったまま、声がすぐに出ないらしかった。

「美味しいパンとコーヒー、ずっと忘れません。ここでランチするの大好きだった」

リュウさんはコーヒーをたてている私に向かって、上手な日本語で言った。

青い花と赤い実の小さな花束に顔を埋めたまま、「こんなきれいな花束見たことがない」と肩を震わせているメイさんの代わりに、コーヒーは私が運んだ。

ハワイコナをリュウさんは嬉しそうにゆっくり飲んだ。一口飲んでは坂の方を眺め、また大事そうに口に含んでは、メイさんの方を見た。最後にコーヒーカップをことりと置いたのを合図に、やっとメイさんがリュウさんの側に行った。

「もうこっちには帰ってこないのでしょう」

「はい。福建にはお姉さんと妹と、全部で六人います。私一人が男」

「じゃあ、みなさんきっとお帰りを首を長くして待っていますね」

「首？　そうそう。ながーく、ながーくなってる」

ワイシャツの襟から自分の首も思い切り伸ばして見せたので、やっとメイさんが笑った。

「ごちそう様でした。今日のコーヒー、最高だった」

「きれいな花束をありがとう。体に気をつけて」

とても短い別れの挨拶をして、リュウさんが出ていった後もメイさんは振り返らなかった。

カウンターの花瓶に花束を挿したまま、その日は一日中、どんなことがあっても見ないと決めたらしく、とうとう一度も坂を眺めようとはしなかった。


坂道の途中に小さな写真屋があって、しばらくウィンドウに飾ってあった『七五三』の写真の代わりに、いつの間にか「成人式の記念写真。予約承ります」という紙が張られているのに気づいた。毎日店番をしているお婆さんが、居眠りをしていない時は箒を持って、店の周りを丁寧に掃く。掃いても掃いても、どこからか木の葉が飛んでくる。「年寄りをからかって、苛めてるみたい」とこぼすとおり、坂は上から下まで色とりどりの木の葉の川になっている。

「何の枯葉か知らないけど、お菓子や果物の香りがする。サーモンの匂いもあるし、コーヒーの香りのする葉もあるみたい」

メイさんは落葉で埋まった坂が楽しくてたまらない様子で、靴の先で落葉を持ち上げたり、蹴ったりして歩いてくる。

いつもケーキを作ってくれるクミコさんが、「明日からフルーツケーキの準備を始めます。クリスマス用の注文も取ります」と言って帰った後、メイさんに思い切って聞いてみた。

「今年のクリスマス、予定があるの」

「クリスマス？」

メイさんは不意打ちにあったように、私の顔を見た。どうして、と小さな声で言ってからさりげなく逸らした目の中に一瞬、戸惑いと怖れのようなものが閃くが見えた。

「この店も二周年だから。ささやかなお祝いが出来たらいいなって思ったの。特別なことじゃなくて、ちょっと時間を延長して、常連のお客さんにも話して」

私の方が慌てて言い足した。いつもの営業時間の後、シャンペンにチーズ。コーヒーにケーキ。テーブルに蝋燭くらいの演出をしてみようかと思いついたに過ぎない。けれどメイさんの反応で早々と後悔し始めていた。最近の私はそれでなくてもメイさんに甘え過ぎるきらいがある。こんなふうに頼られるのを彼女は迷惑がっているのかもしれない。

「クリスマスはまだずっと、先だから」

メイさんはまるで目の奥を覗き込まれては困るというように、もう一度ハンドピック用の眼鏡をすると、豆の上に顔を伏せた。

店が二周年ということは、メイさんがきてから二度目のクリスマスということだ。去年、クミコさんのケーキを注文した彼女は「蝋燭に火をつけたら、ラム酒の沁みたケーキからぱっと青い炎が上がった」と笑っていた。去年一緒にフルーツケーキに火をつけた人と、メイさんは今年もクリスマスを過ごすのだろうか。

「家族も保障人もいません。私、放浪の女だから」

働いてもらうのが決まった時、メイさんは言った。雇用保険もない小さな店のパート勤務だから、笑って頷いて話はそれきりになった。でも一年一緒にいれば、メイさんが孤独な放浪の女でないことはよくわかる。この店を持つまで、孤独な放浪の女だった私には。

メイさんの指には指輪もないし、電話がかかってきたことも、知人が訪ねてきたこともなかったけれど、彼女には誰かを愛し、愛されている自信と落ち着きがあった。大事なものをずっと守って生きている強い意志が感じられた。ただそれが離れている家族なのか、恋人なのか、あるいは失ってしまった人の尊い記憶なのかはわからなかったけれど。

落ち葉で埋まった坂道を下りてくる時のメイさんの顔は様々な木の葉色に映えて、とても満ち足りているようにも、楽しいことを思い描いているようにも、一心に何かを待っているようにも見える。

「きれいな柿。すごいねえ、こんなにたくさん」

バクさんの故郷は愛知県で、果物や野菜が豊富にとれる。大きな農家に嫁いだお姉さんが一年中、野菜や果物を送ってくる。そのたびに「食いきれないから」と店に持ってきてくれるのだった。

「こんなふうに積むとまるで焚火みたい。柿色ってほんとに暖かい色なのねえ」

メイさんは興奮して山積みの柿に見惚れている。

「柿なんて珍しくもない。どこでも生りすぎて困るくらいだ。なあ、マスター」

「困るなんて勿体ないですよ。こんなきれいで、美味しそうな柿なのに」

カウンターに山と積まれた柿は本当に豪華で美しかった。艶々した橙色が熾火《おきび》のように輝いている前で、メイさんが手を炙るようにかざしている。

「昔はこんな平柿は少なかったな。筆柿や団子柿みたいなちっちゃなものが多かった。細長いのはだいたい渋柿だった」

「吊るし柿も美味いが、俺なんか熟しきったずるずるのが好きだねえ。寒い夜に炬燵で冷めたい熟柿を食べるのが、北の方じゃあ、御馳走だったさ」

初めて店にきた初老の客が、窓辺の席から大きな声で話に割り込んだ。

「甘いもんは干し柿と乾燥芋だけで。蜜柑なんか正月になるまでは食えなかったしなあ」

懐かしそうに話に加わったのは、日頃は無口なノリさんだった。

こんな時は気づかれない位にかかっている音楽を低くする。店の客同士が世間話に興じることは滅多にないけれど、時々はまるで旧知の人のように一時、和やかで親しいお喋りが続くこともある。

「昔はなんてったって、クリスマスより正月だからね。一年で一番の楽しみは」

懐かしそうな声や、独り言に近い呟き声。サービス心で笑わせる客もいれば、思いがけなく饒舌になる人もいる。五人の客が、まるで柿の焚き火にあたりながら手や腹をあぶるように、思い出話に花を咲かせる。

メイさんが白いエプロンの上に両手を揃えて、黙って坂の方を見ている。

閉店時間を過ぎてからも、レジの始末やコーヒー豆の管理などで手間取って、私が店にいる時間は十二時間以上になることが多い。

坂の途中には夜間営業の店もないから、とっぷりと暮れた窓からは車のライトに照らされて、前かがみになって歩く人の影絵のようなシルエットが見えるばかりだ。

　仕事をすべて済ませてから、新しい豆の確認も兼ねて最後のコーヒーをたてる。

　十二月になったら、リースを飾ろう。華やかな電飾の代わりにシックな色の蝋燭を何本か。などとコーヒーを飲みながら想像を巡らせる。クリスマス用のフルーツケーキに合うコーヒーは何だろう。ちょっと苦めのマンダリンにしようか。さっぱりとしたガテマラの方がケーキの味が引き立つだろうか。

　私は自分がわざと自宅に帰るのを遅らせていることに気づいている。坂を下りていった先にも、私には親しく名前を呼んでくれる家族もなければ、心から寛げる空間もない。けれど店にはまだ客のざわめきや、楽しそうなお喋りや、満ち足りた憩いの雰囲気が残っている。笑い声や言葉の切れ端。何よりもメイさんの、すべてを包み込むような優しい気配。

　それらのものを束の間封印するように、ゆっくりと店のドアを閉める。

　照明の消えた店は、坂の途中に乗り捨てられた破船のように傾いて見える。一歩踏み出すだけで、爪先からドドッと虚無と暗闇の底に加速をつけながら転げ落ちていくような怖さに捕らわれる。それでも坂を下りていかなければならない。

　俯いて歩き出した時、ちょうど上ってくる人の肩に触れてしまった。「すいません」と詫びて、通り過ぎようとしたら、その人から香ばしいパンとヴァニラの匂いがした。振り向いて見ると、頬が濡れて光っていた。泣いている顔に見覚えがある。いつか見かけたことのあるエンゼルの奥さんに違いない。焼きたてのパンとほのかに甘い匂いを連れて、小さな影が泣きながら坂を上っていく。


「モカを飲むと寂しくなるね」

メイさんは酸味のあるコーヒーが好きではないのかもしれない。一杯目のコーヒーを口に含むと、少しかすれた声で言った。

「寂しいけど、飲んでいるうちに恋しくなる。マスターのモカロイヤルは魔法の味」

メイさんがカップを置くと同時に、朝一番のりのシンさんがドアを開けて入ってきた。いつものようにお気に入りのレモン水をひと口飲んで、朝刊を開げたシンさんが、ふと思いついたように顔を上げた。

「長い間世話になったけど、ここのコーヒーを飲むのも今日が最後になっちゃったよ」

「えっ。どうして。お引越しですか」

「まあ、引越しと言えば引越しだね。入院が決ったんだ」

びっくりしたけれど、それ以上詳しく尋ねることはできない。いつもより深く俯いて、サーバーに湯を注ぐ。膨れては萎む焦げ茶色の陥没に目を凝らす。

「病院じゃあなくて療養所だね。終身老人ホームってとこかな」

シンさんは人なつっこい笑みを浮かべて言った。寂しいとか悲しいとか、まして心配や不安など微塵もないような、穏やかな落ち着いた表情だった。

「最後だと思うと、ここで吸う煙草もうまいし、ここの朝刊すら懐かしい気がする。勿論こんな美味いコーヒー、他では飲めないから」

坂の方を睨みつけるように、メイさんは大きな目をいっぱいに見開いて立っている。そうしていれば、シンさんが明日もまた坂を下りてくるのが見えるとでもいうように。

「マスターには悪いけど、私は毎日来るお客様って、あまり信じられないの」

最初の頃、メイさんがシンさんについて、そんなふうに言ったことがある。

「永遠に毎日店に通って来れるはずがない。ふっと嫌になる時が必ずある。店にではなくて、毎日同じ店に通う自分が嫌でたまらなくなる日がきっと来る。一ヵ月か二ヵ月先。そんなに長くはないと思う」

でもシンさんは一年と一ヵ月の間、休業日以外は毎日この店に通い続けて、毎日同じブレンドを飲んで帰った。三ヵ月が過ぎると、メイさんは毎朝決まって、シンさん用のレモン水をたっぷり作るようになった。

「お客様というよりシンさんは家族だから、ずっとここへ来るよ」

家族にも別れはある。唇を噛みしめているメイさんをそんなふうに慰めてあげたい。

「友達でも親戚でもない、客なんだから別れを言いに来る必要はない。花束や感謝の言葉なんかいらない。店に来なくなればすむことだもの」

メイさんが悲しみに酔っ払ったようにコーヒーを飲んでいる。会えなくなる客を懐かしみ、哀惜する自分を怒っている。別れと出会いを作りだすこの店と、坂を怒っている。

次々とやってくる客がみんな去っていっても、店は変わらない。私はずっとここでコーヒーをたて、メイさんと一緒にいる。そう言って慰めてあげたいけれど、それが言えない。

絶対に変わらないものはないのだ。どんなに強く望もうと永遠に続くものなんかどこにもない。店も客も、私もメイさんも。あるいはこの坂だって、いつかなくなってしまう日が来ないとも限らない。

あの人が坂を上っていくから、私もついて上がる。同じ道を歩いてきたつもりでいたのに、坂の上には全く別々の世界が広がっている。それは一緒に墜ちたつもりでいても、違う奈落で目覚めるのと同じことだ。

リュウさんも、エンゼルの奥さんも、シンさんも。みんなこの坂の途中の店を過ぎていなくなってしまった。

たった一枚になったカレンダーが、お客さんがドアを開けるたびにひらりと揺れる。

シンさんが来なくなってからは、店で最も古い常連客になったレエさんがスケッチブックを抱えて入ってきた。

「今、美術館で若い女性のグループ展をしてるんだけど、とってもいいから見に来てよ。これ、案内状。印刷だと判らないけど、本物はもっと緻密で不思議な雰囲気がするんだ」

「レエさんはいつものように、絵より作家の方に関心があるんじゃないですか」

私はコーヒーをたてながら、少しからかうような口調で言った。

「まいった。すっかり見透かされちゃってる。でもほんとに魅力的な画家だったよ」

悪びれた様子もなく、口髭を吹くようにしてコーヒーをすする。レエさんがしょげていたり、悲しそうだったりしたのを見たことがない。あるいはシンさんより年上かもしれないけれど、レエさんの目はとても若々しい輝きをもっている。

「彼女にはオーラがある。ちょっとスケッチをさせて貰ったんだ。見てよ、ほら」

スケッチブックには花束を抱いた女性の横顔が描かれていた。カウンター越しに覗き込んだら、その画家はメイさんにとてもよく似ていた。

定休日でも店でしなければならない仕事を終えて、いつもレエさんが乗ってくるバスで美術館に行った。数人しか客のいないバスは車体の後部をわずかに揺するようにして坂を上る。店を過ぎてからの道は「メイさんの坂」と心の中で呼んでいる。片側に神社のうっそうとした林。会社の寮らしい建物、もう片側は崖のような藪で、いつも葛の葉が覆いかぶさっている。古い家の山茶花の垣根に、時々店の前を通る白い犬が繋がれている。

バスの座席から「メイさんの坂」の景色を眺める。彼女と会ってから一年が経つけれど、店があるのでこの坂を二人で一緒に歩いたことはない。

バスで二十分。美術館を囲む花水木はもうあらかた葉を落としている。「女たちの祭り」という垂れ幕が掲げられた展示室には、女性三人の名前が並べられていた。

矩形の壁にずらりと掛けられた作品群の前には作家らしい人を囲んで、人の輪が出来ている。関係者も誰もいない展示の前に、レエさんが見せてくれた絵を見つけた。

『春の森』という絵の中には少女を囲んで、木々や精霊や動物が輪になって踊っている。『少女と猫』『イースターの夜』『髪飾り』という作品はどれも楽しく、生命力に溢れていた。ユーモラスにうねる木の根。渦巻く髪と、満開の花々。そして、最後に出口の近くに掛けられた大きな絵の前で、私は思わず息を呑んだ。

さまざまな実が鈴なりになった木々の中央、降るような柘榴の実を受け止めている薔薇色のストール。湿原の水のような眼をして、髪を独特な形に結って笑っているメイさん。

「びっくりしたよ、初めてこの絵を見た時。でも言えなかった。だって」

いつの間にか背後にレエさんが来ていて、長い体を折るようにして作品の題の書かれたプレートを指さした。

『マミー』

その絵と題を何度も見比べているうちに、心臓がどきどきしてきて、他の作品の前を知らず知らず行き過ぎてしまった。

「マスターにも会わせたかったよ。だけどこの絵を描いた人は日本人じゃないし、この国が嫌いらしい。初日に来ただけで、すぐに帰ってしまった」

生憎まだ仕事が残っているというレエさんと別れて帰途についた。すぐアパートに帰る気にならなくて、バスの途中で降りて店に来てしまった。

どうしていいかわからず、とりあえずコーヒーを入れて飲んだ。変な味だった。多分湯を注ぐタイミングをはずしたのだ。二十年間たてていても、こんな無残な失敗をしてしまう。舌をさす苦さとえぐみ。雑味の混じったコーヒーを自分を戒めるように飲んだ。

メイさんは一体どこから来たのか。本当の名前は。彼女は誰と何処に住んでいるのだろう。今までどんな暮らしをしていて、なぜこの町にやってきたのか。あてどない放浪の途中に、ただ偶然にこの坂を上ってきただけなのだろうか。

私が知っているのは暖かくて優しい声。湿原に溜まった水のような大きな目。すべすべの肌と不思議な形に結い上げている豊かな髪。手間も労力も惜しまない仕事ぶり。どの人にも親切なのに、見事なほどの客との距離感。

でもそれで充分だったのだ。この店で私がマスターという呼称しか持たないように、メイさんはメイさんでいるだけでよかったのだ。


あまり何度もメイさんが坂を下りてこなくなる時のことを想像したので、実際彼女が店に姿を現さない日が来ても、私はそれほどうろたえたり、驚いたりしなかった。

坂に霧の這う寒い朝。二人分のコーヒーを飲んで、私はいつものように開店の準備を終えた。泣くことも取り乱すこともなく、メイさんの仕事を忙しくこなした。いつもより慎重にコーヒーを入れ、一度づつ丁寧にテイスティングをした。坂の方は一度も見なかった。誰も待ってはいけない。入ってくる客を迎えることだけを考えて、一日を過ごした。

三日が過ぎ、店のポストにメイさんからの手紙を見つけた。

「ごめんなさい。私はもう店に行くことが出来ません。マスターと一緒に飲んだコーヒーは本当に美味しかった。今後、どこでどんなふうに暮しても、私はもう二度とコーヒーを飲むことはないでしょう。この店で飲んだコーヒーが私の一生分のコーヒーになりました。本当にありがとう。いつまでも忘れません。さようなら」

メイさんらしい優しくて、可愛い手紙だった。ごめんなさい、と言われれば許さないわけにはいかない。ありがとう、と言われれば、こちらこそ本当にありがとうと、言葉を重ねるしかない。私だって一生忘れはしない。

店にはレエさんからクリスマスプレゼントに貰ったあのデッサンが飾られている。その絵の前で、コーヒーを飲むたびに思う。

遠い町のどこかで、コーヒーの香りを懐かしそうに嗅ぎながら、決してコーヒーを飲むことのない女の人がいたら、それがメイさん。名前も知らないほど遥かな場所の、長い坂を嬉しそうに下りてくる女の人がいたら、それがメイさん。

骨の囁き

寝室にしている和室に朝日が差し込むと、壁に立てかけてある姿身の鏡面が不思議な明るさを放って光り始める。銀色の燐光が短い川の水面を遡るように消えていくのを、反対側に敷いた布団の中から眺めている。

「音子さんが還っていく」

親しい人がさりげなく立ち去っていくのを見送るように、わずかに首を巡らせてもう一度部屋の中を見回すと、一月もやっと半分過ぎたばかりの冬の冷気が容赦なく夜具の隙間に押し寄せてくる。

襟の周りに毛布を引き寄せて軽く目をつむる。朝のしじまが部屋の中にしみわたり、光が壁や畳に無数の金色の飛沫を降らせると、思わせぶりな夜の暗さが少しづつ消去されて、やがて本当の生者だけの世界が顕われる。

午前六時五十分。生きていた音子さんが三十五年間、この部屋で必ず起床していた時刻である。去年の秋まで、私は隣の四畳半でずっと音子さんが身支度をして、洗面を済ませ、台所で湯を沸かし、仏壇にお茶を供え、自身もお相伴の白湯を一杯飲む規則正しい物音に耳を澄ませていた。八十歳の音子さんの喉仏がこっくりと鳴る音まで聞いていた気さえする。

「今日もいいお天気」

二杯目は濃いお茶にして、湯呑を持ったまま、庭を眺めて言う一人ごとを私はちょうど十年間聞き続けた。音子さんの息子である直樹さんと暮らしたより二倍も長い。私と彼との生活はたった五年で終わってしまった。遅い結婚だったけれど、彼はまだ五十歳になったばかり、私は四十八歳で未亡人になった。

音子さんが朝の日課にしていた短い体操を見たことはあまりない。深呼吸から始って深呼吸で終わる、儀式にも似た動作には普段の十倍くらいの荒い息づかいが伴うので、開始と終わりはすぐにわかる。

「はっ、はっ」という短い掛け声と鳥の羽ばたきのような気配が静まると、訪れる短い沈黙。その時私は、襖一枚を隔てて身長一メートル五十センチの音子さんの全存在をあますことなく感じることができる。「今日も一日、私は一人ではないのだ」という深い安堵と染み透るような静かな喜悦。

私の目覚めが充分整うのを待っていたように、音子さんはやがて仏壇の前に座ってお経を唱えはじめる。猫背の背中に朝の光を集めて、彼女が熱心に経を唱え続けるのを聞きながら、私は洗面を済ませ、台所で朝食の支度をする。

よくもまあ、母と呼んだのもたった数年の義理の母娘が狭い公団のアパートで十年もの長い間、すっかり同じ日課を、何の不満もなく安穏に続けてきたものだと思う。

「お母さんって、呼ばれるのも面映いから、これからは音子さんでいいわよ。私もあなたのことをわこちゃんって、呼ぶことにするから」

輪子と書いて、本当はりんこと読む。リンという強い音色のように呼ばれることにずっと違和感を感じていたから、音子さんの申し出は嬉しかった。

「おはよう音子さん。おはよう、直樹さん」

仏壇に置かれたままの音子さんの遺骨に向かって両手を合わせてから、彼女がしていた通りに庭を眺め、濃いお茶で喉を潤す。そうして姑を真似た体操の半分ほどをなおざりに済ませると、いそいそと仏壇の前に座る。

十年前に、五年連れ添った直樹さんに死なれた時は、自分が薄情に思えるほどあっという間に彼の存在が希薄になってしまったのに、死んでからずいぶん日がたった今も音子さんの姿も声も気配も習慣も、何ひとつ薄らいでいかないのが不思議でならない。

「まだ音子さんの骨がここにあるせいね」

お経をあげながら頭の中で話しかけている。それとも一緒に暮らしたこの部屋にまだ彼女のすべてが残っているせいなのだろうか。

「だって私ったら、ここに引っ越してくる時、あなたの息子の位牌を持ってくるのを忘れそうになったほど情の薄い嫁だったんだもの」

お経をあげながら、生きている音子さんに話すのと同じ口調で喋り続けている。

「しょうがないわよ。位牌なんて、ただの板っきれだもの」

毎日お経をかかさなかったほど信心深いはずの姑にあっけらかんと言われた時にはすっかり恐縮して、その後二人で仏壇の前で苦笑いをした。ここで暮らし始めた日のことをつい最近のことのようにはっきりと思い出す。


「草間さん。いるかい」

築三十七年の古い公団には入居時はインターホンがなかった。私がここで音子さんと暮らし始めてから、それではあまり無用心だからと取り付けたそれを自治会長の土井さんは滅多に鳴らすことがない。一階のはずれの廊下で「くさまさーん」と呼び、大体用は足りる。

「今年はまだ喪中だからさあ、新年早々はずっと遠慮してたんだけど。そろそろ松も取れるから挨拶にと思ってさ、ちょっとだけど餅、持ってきた」

インターホンを使わずにわざと大声で名を呼んで訪うのは、自治会長と言えども女所帯に出入りする男の最低限の礼儀だと土井さんは思っているらしい。

「年初めだから、俺もちょっと仏様に線香あげさせて貰うよ」

七十過ぎとは思えない身の軽さで軋む廊下を通り抜けると、あっという間にもう仏壇の前にいる。

「入居以来の長いつきあいだったのに。逝っちまう時はあっけないもんだなあ」

線香の煙のまつわる卓袱台にお茶と蜜柑を盛った篭を置いて、仏壇と向き合う姿勢で私も座った。

「だけど、俺はちょっと羨ましいよ。あんた、心がけが良かったんだな。歳とってからもずっと優しい嫁と一緒に暮らせて。看取ってもらってさあ。嬉しかったろう。頼もしかったろう、ほんと、羨ましいよ」

仏壇と私を等分に見ながら目をしばたたせて言う。音子さんが片目をつむって、からかうように私を見る。

イイトシヲシテ、ドイサンッタラ、ゼッタイワコチャンニ、キガアルヨ。ミテテゴラン。ワタシガイナクナッタラ、キットモットネッシンニ、ココニカヨッテクルカラ。

音子さんはいつだって炯眼。人も物も本質を誤らない。「私はきっと死ぬまでこの人と一緒だろう」と直樹さんが私を紹介した時に確信したと言っていた。

ヨカンジャナカッタ。ガンボウダッタノネ、キット。

死ぬ前も後も音子さんの率直さは変わらない。

「あのさあ。新年早々こんなこときくのも何だけど。遺骨、まだこのままかい。納骨は決まってないの。あんたの亡くなった亭主。つまり音子さんの息子と同じ所に納骨した方がいいんじゃないの」

仏壇に背を向けて、土井さんが言いにくそうに言う。悼みも追慕も一通り済ませたら、死者はなるべく早く片付けた方が生者には何かと都合がいいということなのだろう。

「草間さんはしっかりした人だったから、自分のいなくなった後の事なんか、きっちり言い残していたんだろ。まあ、遺言なんかなくっても、あんたは立派に看取って、この人のたった一人の身内になったんだから、一存でどうとでもできる権利があるんだよ」

「そうですねえ。だけどなかなかふんぎりがつかなくて。もう少し、手元供養ということで」

食べたくもない蜜柑を剥きながら、いかにも優柔不断で曖昧な様子で口ごもる。生者はいつだって死者を慮り、悲しみの鎧に怯むものだ。無難な沈黙で時を稼ぐことが、この世ではどれほど有効なことか私はずっと以前からよく心得ていた。

土井さんは私が蜜柑を剥き終わるまでの沈黙を持ち堪えることができなくて、そわそわと立ち上がる。

「そりゃあ、そうだ。気が済むようにすればいい。そんなこと、俺なんかが口を挟むことじゃない。あんたも音子さんの遺骨と今までどうり一緒に暮らしていく方がいいよ。な、ずっとここで」

ズットココデ。

さりげなく私の肩に手を置いて、土井さんは立ち上がった。

「俺はさあ、あんたが変わらず、いつまでもここにいてくれさえしたらいいんだよ」

カワラズニ、ズットココデ。

もとより私と音子さんもただそれしか望んでいない。素直に頷いた様子に気をよくしたのか、ドアのノブに手をかけたまま土井さんがうっかり口を滑らせた。

「それにしても、骨のある部屋がこんなにごろごろある団地もないだろうな」

しばらくは手元供養でと、とりあえず土井さんに言ってしまったが、私は遺骨を納骨する気は全くない。直樹さんには悪いけれど、音子さんが三十七年間暮らしたこの部屋に私が死ぬまで住み続けるのと同じくらい、それは確実なことだった。

「散骨でも草木葬でもかまわない。ただ、ずっとここにいたい」

それは私が音子さんと交わした唯一の黙契でもあった。

「生きてる時は勿論、死んでからも、私にはここしか行くところがないから」

ズットココデ。

音子さんとの約束を一度だけ私は破りそうになったことがある。

団地の集会場でひっそりと葬儀を済ませてから、一ヵ月以上過ぎた頃突然女の人から電話がかかってきた。

「私は音子さんのたった一人の叔母にあたる遠藤和美というものです。本当は葬儀に行きたかったけれど、寄る年波で脚が不自由なこともあり、自分もいつお迎えがくるともわからない状態なので、せめて今生の別れにたとえ遺骨でもいいから、この手でしっかり抱いてあげたい」

しわがれてはいたものの、とても九十歳とは思えないしっかりした声で懇願された。遠藤和美と言うのは初めて聞く名前で、生前、音子さんからもそんな親戚がいるという話は聞いたことがなかった。ただ、遺骨を持って会いにきてほしいと言われた町の名は確かに直樹さんから、早くに死んだ父親の故郷だと知らされていた。それに、十年一緒に暮らしたとはいえ、所詮他人に過ぎない嫁の身であれば、「たった一人の身内ですから」と乞われれば、私に申し出を断る権利はないように思えた。

故人が手作りした袋にくるんだ骨壺を抱いて部屋を出たのは、暖かい秋晴れの一日だった。

その頃の私は音子さんの死に動転して嘆き暮らすというより、寂しさと心細さにどうにも身動きがとれないといった状態だった。

一人で暮らすようになって、初めての遠出だった。町を歩き、電車を乗り継ぎ、階段を上がったり降りたりするだけで、視界がぶれて、すーっと何かに吸い寄せられるような危うさが消えない。手足が頼りなく動いて、半身が泳ぐ。骨壺を入れた箱を持ち直すたびに、やっと身体の輪郭が整うといった覚束なさだった。

教えられた通り上野から電車に乗った。特急のはずなのに、ずいぶんゆっくりした速度で、秋晴れの長閑な平野を電車は走る。道端や土手は草紅葉が始っているが、梢にはまだ鮮やかな色の葉も残っている。隙間の目だってきた木々の間からは時おり鋭いほど青い空がきらめく。

ソラノメガ、アンナニ、タクサン。

隣の乗客が降りて、電車に空席が目立ってきた頃、聞きなれた音子さんの声がした。

コッチヲ、ミテル。マッサオナ、メ。ミハッテルミタイ。

その声が今にも漂いだしそうだったとりとめのない心身に不思議な安定をもたらして、私は窓辺の席にやっと落ち着いて体を埋めることが出来た。

モウドコモ、イタクナイ。イキガラククラクデキル。アッ、シンデルカラ、イキハシテナイノカナ。

骨壺を覆っているのは、紅型の羽織をほどいて作った手作りの袋である。左の袖と右の袖で二つの袋を仕立てて、巾着の紐を音子さんは青に、私は赤にした。だから紐を絞ってしまえば、それは私自身の骨壺とほぼ同じ体裁になるはずである。

声は巾着の青い紐をたやすく抜けて、暖かい吐息のように私の全身を包む。二人で暮らした和やかな日々が戻ってきた気がして、私は連れのいる旅人のように寛いで車窓を眺めた。

十年も一緒に暮らしたのに、音子さんと日帰り旅行すら一度もしなかった。

トオクヘイクノ、キライダッタノ。

窓越しの陽射しは思いのほか強く、骨壺を抱いている私の膝や腰を心地よく火照らせていく。教えられた通りの特急電車で行くかわりに、そのひとつ手前の駅で電車を降りて、各駅停車でのんびり行くことにしたのは、何となく音子さんとの旅をもっとゆっくり楽しみたくなった私の軽い思いつきに過ぎなかった。

特急電車の向かいに待っていた二両の各駅車輌に乗り換えると、空気が驚くほど変わった。座席は古ぼけて冷たく、陰鬱な様子の乗客が申し合わせたように俯いている。

金色の陽射しを一杯詰め込んで特急が去ってしまうと、骨壺を抱いた私は自分が文字どうり最後の身内を亡くした孤児となって、この世にただ一人残されたような寂寥感にすっぽり覆われてしまった。

コワイ。

音子さんは生前滅多に怯んだり、脅えた年寄りのようなものいいをすることはなかった。

サムイと一瞬聞き間違えて骨壺の紐を思わず強く絞った。

イタイ、ヤメテ。

幼いほど若い声で、震えた声が訴える。かぼそく細くなる囁きを庇うように私は包みをしっかり両手で覆った。同時に初めて、骨壺から洩れてくるのが本当に音子さんの声なのかと淡い疑念が胸をかすめた。

骨の囁きは、あるいは飛来して漂うさまざまな死者や霊の声と不思議な交信をしているのかもしれない。音子さんを追慕するあまり、私はそれらの声を彼女の呼びかけだと勝手に受けとめて、会話を交わしているつもりになっているのではないだろうか。

特急に乗っている時は気づかなかったけれど、各駅電車に乗り換えると、駅と駅の間が呆れるほど長いことがわかる。人家と人家の距離もどんどん離れて、林も川もなくなった野にまんべんなく陽射しがふり注いでいる。崖も道も畑も白い。動いているものがまるで見当たらないのに、無闇に明るく、ふんだんに太陽が降り注いでるのは何だか不吉なことのように思われてくる。

ドコニモイカナイ。ニゲテ。

やはり音子さんの声だと聞き分ける。「ニゲテ」と言う脅えきった声が一度だけ、熱にうなされた病床の彼女の口から洩れるのを聞いたことがある。

オネガイ、ニゲテ。

同じ声が同じ言葉で訴える。切羽詰った懇願に動転して、私はちょうど停まった小さな無人駅で骨壺を抱きしめたまま発作的に途中下車してしまった。

「なんで指定した時刻に来なかったのよ。待っていたのに。高いタクシー代を奮発して。二時間も、寒いホームで駅員や降りてくる客にまるで乞食か幽霊でも見るみたいにじろじろ見られて。ばかにするんじゃないよ。どいつもこいつも恩知らずの裏切りもんだ。あんたなんか、どこの馬の骨かわからない田舎者のくせに。馬の骨なら上等だけど、はっ、とんだ雌豚の骨だよ。持ってきたら、踏んずけて、粉々にして、野良犬に食わせてやったのに。他人の亭主を盗んで逃げた女のなれの果てだと、みんなに吹聴してやったのに」

九十歳ということは有り得ないが、確かに最初に遠藤和美と名乗った老女であることには間違いがない。少し訛りのまじった口調で、息のしゅうしゅう洩れる猛々しい声が罵り続ける。

「まあいいさ。天罰は受けたんだ、雌豚も。他人の亭主を寝取って授かった子に、先だたれて、いい気味だ。十八にもなってない小娘が、あろうことか教師をたらし込んで。一緒に逃げるなんて。ざまあみろ、自業自得だ。死んだ亭主と息子とおんなじ墓にも入れない。骨になっても灰になっても、未来永劫成仏できゃあしない。女はねえ、一度人間の道を踏みはずしたら、そのまま地獄行きさ。わかったか」

最後の捨て台詞を吐くと、電話は鎖鎌が切れるように乱暴に置かれた。

じっと聞いているだけで鳥肌がたって冷汗が流れる。女の罵声が怖いのではなく、本当に間一髪で音子さんを守ることが出来た、その奇跡のような経緯を思い起こすと全身が震えてくる。すでに骨壺は何ごともなかったように平穏に仏壇に戻っている。

女の豹変と嘘に虚を突かれたものの、告発の内容についてはそれほど驚嘆しなかった。結婚する時、直樹さんから認知はされているが、草間は父親の姓ではないと聞かされていた。音子さんは毎日お経を欠かさなかったけれど、お墓参りに行ったことはない。直樹さんの葬儀は密葬で済ませ、会社の上司だった人に勧められるまま永代供養の手続きを簡略に済ませた。

それを寂しいとも、奇妙だとも思わなかったのは、私も直樹さんや音子さんとほぼ似たような環境で育ったせいかもしれない。

遺骨と旅をしたたった半日の遠出が、私に今は亡き音子さんとの会話を日常的なものにするきっかけになったようだった。

「今年もうちの水仙がどの庭より早く咲いたのよ。糸水仙も、喇叭水仙も。音子さんの好きだった口紅水仙もずいぶんたくさん蕾をもっているの」

死者との会話が習慣になったとはいえ、亡き人が生き返ったわけではない。仏壇を離れると、すっと陽射しが陰るように身内に寂しさと心細さが兆して、私は毎日庭に出ずにはいられない。音子さんもそうだった。晴れていても曇っていても、足元がぬかるんで冷たい雨が降っていても、必ず朝晩二回は庭を歩き回った。

庭といっても、公団アパートの一階にある古い土を盛った痩せた五坪ほどのスペースに過ぎない。

「直樹が死んで、私もあなたもひとりぼっちなんだから、ここで一緒に住めばいいわ。庭もあるし」十年前、たった五年間の結婚生活が突然終わって呆然としていた時に音子さんは、「一泊していけばいいいわ」というような気軽さで私に言った。マンションのローンは残っていたし、経済的に困窮するのは目に見えていたから、とりあえず職を得るまでということで二間しかない団地の部屋に身を寄せたのは十年前の夏だった。

あの時うるさいほどの蝉時雨に包まれていた団地も、今は寂漠とした冬枯れの中で、いつもより一層背をこごめてうずくまっているように見える。

庭には水仙の他に花とも言えないほど地味な蝋梅がわずかに咲き残っている。道路側には目隠しの常緑樹がごちゃごちゃと植えられ、木の根元には蛇の髭だけが旺盛な緑の葉を吐き出している。足元を丹念にかき分けてみれば、きっと瑠璃のようなつやつやした実をたくさん隠しているのだろう。

「音子さん、もう少ししたら一番忙しい、一番楽しい季節になるわねえ」

私はサンダルをはいたまま、彼女が丹精していたチューリップやヒヤシンスやスノードロップの球根が埋まっているあたりに立ち止まっては、二人で過した花盛りの春を思い出している。

「この花きれいだけど、まさか一年草じゃないんでしょ。あたし、どんなに気に入っても、宿根草じゃなかったら買わないの」

たまに二人で買い物にいったりすると、花屋や園芸店の人に音子さんは必ず尋ねたものだ。最初はその念の押し方があまりしつこいので、存外彼女は節約家なのかもしれないと思ったりしたけれど、私の懸念は的はずれだった。音子さんはただ、この庭を球根や宿根草で一杯にしたかっただけなのだ。自分が居なくなっても、この庭には毎年花が咲き、ここに埋められた彼女の家族の骨をずっと慰めていけるように。

庭は音子さんと死者とのもうひとつの家のようなものだったのだから。

「そして、今はあなたもここに住んでいる。そうでしょ」

頷いている気配に私はそっと振り返る。ひとりぼっちの長い時を過したことのある人間は、肉眼では決して見えないものと共生することも、聞こえるはずがない声と会話することもごく自然で、病的であるとか気味が悪いなどと思ったりしない。

「おはようございます。今年の冬はあったかいまま終わりそうですね」

隣の部屋の丸木さんの奥さんが、珊瑚樹越しに声をかけてくる。

「そうですね。水仙もじき満開です」

杖をついている丸木さんが身体を傾げて、柵の隙間に溢れている水仙の株を覗き込んでいる。

「音子さんとこは春の庭だったから。花が一杯で」

お隣の庭には草花はほとんどない。足の不自由な老夫婦では植物の世話は負担なのだろう。そんな事情を察しているように、うちの庭に咲いていた雛芥子や花菫やきんぽうげの種が風に乗って勝手に飛んでいっては、あちこちに住み着いているらしい。

「ねえ、伊豆の爪木崎に、水仙の群生があるの、見たことある？」

見たことはないが、爪木崎の水仙の話は五十回位聞いている。音子さんは百回以上聞いたと言っていた。丸木さん夫妻がたった一度だけした伊豆旅行の話を聞かなかった人はこの団地では皆無といっていいだろう。水仙が咲いている側に誰か人がいれば、必ず立ち止まって同じことを話し始めるのだから。

「青い海と白い灯台を囲んで見渡す限り水仙が咲いているの。バスを降りると、もう水仙のいい匂いがして。青い海と白い灯台と、見渡す限りの水仙」

アオイウミト、シロイトウダイト、ミワタスカギリノ、スイセン。ソノサキハ、ナミガマップタッニ、ワレテイテ、テンゴクニ、ツヅイテイルノ。

音子さんがくすくす笑いながら耳元で囁く。

年老いている人がみな骨の囁きが聞こえるわけではない。丸木さんは話を中断して、部屋で呼んでいるらしい寝たきりのご主人の元にさっさと戻っていく。

「それにしても骨のある部屋がこんなにごろごろある団地も珍しいだろうな」

庭を歩いていると、土井さんの言葉がいやでも思い出される。ごろごろあるかどうかは知らないが、丸木さんの隣の庭には、歴代の犬の死骸が埋められていることはよく知っている。

ぽち。太郎。くろ。ハル。鈴ちゃん。私が知っているだけで、五匹の犬が死んだ。くろが死にそうになると、もうハルと鈴ちゃんの二匹がスペアとして待機させられていた。この団地の住人にしては、飛びぬけて若い夫婦だった。犬を飼うために、庭つきの一階の団地を探し続けて点々とした挙句、やっとこの団地にたどりついたという。犬がいないと二人共生きていけないと言っていたから、鳴き声や糞や、その他の迷惑を団地の者はみな黙認して、土井さんにも苦情を言うようなことは一切なかった。

ココシカ、イキテイケルバショガ、ナイナラ、シカタナイジャナイ。

この団地の住人の多くが、概ね同じ思いでいることを私たちはよく知っている。

五匹の犬が死んで、死骸を順々に庭に埋葬してから、若い夫婦は別々な場所に引っ越していった。生き物の死を五回も共有しなければ、どうしても一人で生きていく決心がつかない。そんな生活も、そんな男女の結びつきもあるのかもしれない。

「庭付きの一階は順番待ちになるほど人気があるのに。二階から上の階は歯なしの櫛だ。年寄りになると階段がきついのはわかるけど。こう空いてちゃあ物騒だから戸締りに気をつけてよ。特に玄関より庭側の方が無用心だからね」

土井さんは私がしょっちゅう庭側のドアを開け放して、冬でも滅多に鍵をかけたりしないことをなぜ知っているのだろう。自治会長だからしょっちゅう見廻りはするだろうが、道側の境には音子さんが目隠しの常緑樹を植えていて、外から覗き見することは容易ではないのに。

ソトジャアナク、ウチガワヨ。イツダッテ、ヨウジンガ、ヒツヨウナノハ。

音子さんの声が空き室が目立っているという階上から、蝋梅の香りの梯子に乗ってするすると下りてくる。

雨が降っているらしい。

雨が土にしみこむひそかな音ではなく、古い窓枠を伝う水滴の滴りでもなく、勿論緑の葉を叩く雨音ではなく、部屋を浸しているうっすらとした水の気配でそれと知る。いや、もっと覚醒がすすめば、雨の一番確かな証拠は、隣室に漂っている音子さんの閾であると気づくはずだ。

雨と庭と音子さんの閾。それらは静かに融合して、私の半醒と微妙に釣り合う。喪失でも死でもなく、存在でも非在でもない。私と暮らす前、長い一人暮らしをした彼女もきっとこんな雨の朝を数えきれないほど経験したに違いない。若くもなく、年老いてもいない。骨になっていく静寂の時間。肉はずっと以前から衰微し続けて、焼けた刃のようにやっと飲み干した熱いものは、すっかり固まってしんと鎮まり、晒され尽くして脆く毀たれる。囁く骨はそんなふうに風化していった人間だけが持つ声なのかもしれない。

クワノハガ、ニオウ。

寝苦しい夏の夜がやっと明けて、ずいぶん早起きをしてしまった朝、いつだったか音子さんが布団の中から言った。確かに開け放したベランダの方から生き物と植物の中間のような青臭い匂いが漂っていた。

当時隣の部屋には六十代の姉妹が住んでいて、草木染めや機織りをしていた二人は庭に桑の木を六本植えていた。夏の初めには盛んに桑の葉が繁り、蚕を飼っている姉妹は早朝それを摘み取るのを日課にしていた。毟《むし》られて、積まれて、丁寧に撒かれて、桑の葉はいっそう匂う。養蚕が済むと、庭にはうっすらと蚕を燃やす煙が上がった。斎場の煙が流れてくると勘違いして、苦情がくると土井さんがこぼしていたことがある。蛋白質の燃える煙の匂いはみな似ているのかもしれない。

クワノニオイ。カイコガ、イトヲハク、ニオイ。

夏の朝、音子さんがうっとりと呟く声を思い出しながら、私は浅く眠る。姉妹が揃って自殺した雨の朝の記憶は繭の残像と重なって、白くぼやける。


団地の隅に古い桜の木が三本ある。冬の桜は老いた樹皮を象の皮膚のようにたるませて、醜くくも荘厳な渦に取り巻かれている。木の運命もこんなふうに自らの命に縛られて、それほど容易くも、美しくもないのかもしれない。

直樹さんは小学校に入学した時も、中学校を卒業した時もこの木の下で写真を撮っている。写真を撮るのは音子さんだから、彼はいつも一人で桜の木に寄りかかるように写っていた。

音子さんの写真は異常なほど少ない。遺影を捜すために、心ならずも部屋中の引き出しを探索しなければならなかった。直樹さんのお父さんの写真はかなりの枚数が見つかった。音子さんと比べるとずいぶん年寄りに見える。額は広く禿げ上がっていて、切れ長の目をしている。ハンサムな方だけれど、男にしては優しく優美な唇の形が、心中した昔の小説家とよく似ている。

音子さんの唇は薄く、年とってから少し曲がった。意地悪で曲がったのではなく、いたずらっぽくめくれる、そんな愛嬌のある歪み方だった。昔は八重歯だった、噛み癖のある癇癪持ちの少女だったと、本人が言っていた。

写真は極端に少なかったから、団地のお花見の際に土井さんが私たちを隠し撮りしたスナップを引き伸ばして遺影に使った。ピントの甘い写真で見ると、もう三年も前から、音子さんがそろそろ消えようとしていることがわかる。光と馴染んですでに耳の後ろから透けかかっている。花冷えの薄日の中で、青紫のとっくりのセーターから細い首が茎のように小さな顔を支えている。顔と比例すると大きめの耳が変わった花穂のように白い。

音子さんは本当にこういう顔で、こんな姿だったのだろうか。

この写真の人が死んで焼かれて、ばらばらになって、炎の中で焦げて燃え上がったり、かすかな音をさせて爆ぜ、飛び散って、白褐色の半透明な脆い骨になってしまうなんて。

本当にそんなことがあったのだろうか。

シラナイ。イタカ、イナカッタカ、ナンテ。ジブンノコトヲ、ジブンデミルコトハデキナイノ。イキテルトキモ。シンデカラモ。

いたのかいなかったのかわからないものが桜の木のまわりをふわふわ取り囲んでいる。自殺した老姉妹は糸を吐く繭の中で解け、埋められた犬は吠えることもせず五匹になったり三匹になったりしながら駆け回り、直樹さんは記念写真に写っていた時の学生服のまま恥しそうにポーズをとっている。

「春になったら、また働きに出ようと思っているの」

独活《うど》と水菜の葉先を買い物籠の中から覗かせて、階段の前でカスミさんに言った。

「パート？　当てがあるの」

首を振ったけれど、当てはあるような無いようなもので、以前働いていた事務機器の販売店で戻ってきてもいいという内諾を思い出したに過ぎない。

「少し身体はきついかもしれないけど、正社員にしてくれて、少しはぱっと賑やかな所がいいんじゃない。わこちゃん、まだ若いんだもの、勿体ないよ。パートのおばさんじゃゃ」

音子さんの他に私のことをわこちゃんと呼ぶのは、同じ団地の住人でもカスミさんだけだった。

「勿体無いなんて。私はカスミさんみたいに美人じゃないもの」

寒がりやの彼女はニットのスカートの下に厚ぼったいパンツのようなスラックスをはいている。一階の部屋でフローリングなのは彼女の部屋だけだから、きっと寒さは半端ではないに違いない。長い髪をスカーフで縛って、それを無造作に首のまわりに垂らしているだけなのに、カスミさんがするととても洗練されておしゃれに見えるから不思議だ。彼女はずっと絵を描いていて、フランスで十年近く暮らしていたから、六十五歳になるというのにとても若々しい。油絵の具のついている指をひらひらさせて、男の人のように大声で笑う彼女が、私はとても好きだ。ただカスミさんの絵は彼女ほどには魅力的ではないというのが、音子さんの意見だったけれど。

カスミさんが一日中絵を描き、ほんの少しご飯を食べ、疲れると倒れこんで眠ってしまうベッドの側に小さな箱があって、その中に喉仏の骨を隠しもっていることを私は知っている。誰のものなのかは訊いても教えてくれなかった。

「ははっ。私って、ボーンフェチだからね。ほら、野晒しになった動物の骨や、魚拓した後の魚の骨なんかもずいぶん飾ってある。描いてもいるし。昔パリで買った人間のほんとの骸骨だってあるんだよ」

そう言って笑ってごまかすけれど、私は一度庭越しにカスミさんが喉仏の骨に頬ずりしている姿を見たことがある。いつもとっくりのセーターを着ているカスミさんの白い喉は死んで焼かれたら、あの箱の中の喉仏と一対になるのかもしれない。愛しい人が一人でいる時にだけ骨は囁く。

待っているよ。いつか、同じように白く乾いた軽い骨になるまで。

「こんなに骨がごろごろある団地も珍しいだろうな」

土井さんもきっと、どこかの部屋で誰かに囁く骨の声を聞いたのかもしれない。

団地は坂の上にあるので、桜が咲くと花霞の中にほんの少しだけ浮いているように見える。新築当時は住人のほとんどが若い夫婦だったので、たくさんの子どもたちがここに暮らしていた。集合住宅で育つ子どもたちのために、自治会は様々な行事を企画して地域ぐるみで楽しんでいたのだという。餅つき、お花見、夏祭り、収穫祭やクリスマス等々。けれど子どもたちの成長にともなって、母親がパートに出て働きだすと、そうした年中行事もいつしか立ち消えになってしまった。やがて団地も住人も老いて、私が音子さんと住み始めた頃から、設備も古く、駅から遠いという不便さもあり、空き部屋が目立つようになっていった。

過疎と老朽化が相乗的に進んで、住人が入居時の半分ほどになってしまってから、誰が言いだすともなく、「お花見会の復活」の気運が高まり、五年前にやっと実現することができた。

「満開はいつになるのかね」

「去年は早まったねえ。まだ二分咲きだったじゃない」

「おととしはもう散り始め。花冷えで寒い日だった」

年が明けると間もなく住人の挨拶は専らお花見の話題になる。持ち時間が限られた人間特有の気の逸りと記憶自慢は時として二十年前のお花見や、子ども時代の桜にまで遡る。呪文のように繰り返すのにすぐ忘れ、捩れたり、勝手に寸断されたりする。ささやかなきっかけで完璧に再生される思い出もあり、一瞬にして暴発したイメージが記憶という機能全体まで粉砕してしまうことさえある。

「もうあんなに芽が膨らんでる。見えるかい、草間さん」

あまり見事な寒晴れで音子さんの声も消えてしまった午後、桜の木の下に佇んでいたら、いつの間にか土井さんが背後に来ていた。

「けなげだねえ。氷雨が降ったって、霜がおりたって、ああしてちゃあんと生きて春がくるのを待ってる。どんな年寄りの木だって、また花が咲く。長生きすれば、まだまだいいことがあるんだなあ」

男の人に背後に立たれるのが私は苦手だ。前ならば向き合える。横ならばすっと逸れて、距離を測れる。背後から濃くなっていく気配は簡単に振り切れない。声の正体は知れても、正体だと思った背後にまだまだどんなものが連なっているのかわからない。得体のしれない力に羽交い絞めされたようで身動きがとれなくなってしまう。

「音子さんが死んだからって、悲観しない方がいいよ。年寄りから先に死ぬのは順序ってもんだから。ましてどんなに仲が良くっても姑だ。あんたはもう自由なんだから、これからどんどん好きなことをすればいい」

音でもなく影でもなく、背後にある匂い。人間の男で私が真から好きだった生き物の匂いを持っているのは父と死んだ直樹さんだけだった。ただ背後に立っていると知るだけで、言い様のない慰安と充足感に満たされる。目を瞑ってじっとしていると薄甘い樹液のようなものが身体中をゆっくり巡って、自分がしなやかな若木になっていくような気がしてくる。

これ以上接近されて、手足の不自由がきかなくなる前に、私はぎこちない身ぶりで身体を少しづつ捻り、姿勢をずらす。四分の一の土井さんの着膨れした肩をかろうじて目の隅に見据えて、やっと息を整える。

「今だから言えるけどさあ、去年の花見頃から音子さん、もうちいっと惚けてたんじゃないの」

さりげなく片足を踏み出して土井さんの横に行く。自治会長の彼と百十二号室の草間輪子が並んで桜の裸木を眺める。

「聞いちゃったんだよ。音子さんが桜に向かってわけのわからないこと言ってるの。空耳じゃないよ。俺、耳は歳の割にいい方だから。それに一度だけじゃない。何度も聞いてんだから」

思わず口元が弛みそうになる。なんだそんなことか。見えない誰かに話しかけたり、応えたりするのが惚けの兆候ならば、囁く骨と暮らしている住人は大方みな半惚けということになる。勿論私も。

「どんなこと、言ってました。音子さん」

うっすらとした笑みを浮かべて土井さんを見る。この程度の弛みなら大体の男の人は無防備な親しさと受け取るだろう。

「そろそろですねえ、とか。楽しみよとか。わかってるから、とか。まあ大体年寄りの独り言みたいなもんだけど。俺がちょっと尋常じゃないなって感じたのは、そん時の草間さんの声なんだよ」

「声って、いつもの音子さんの声じゃあなかったの」

さりげなく聞いたつもりだったのに、土井さんは顔に青い筋を浮き立たせると苛立った表情で私に向き直った。

「間違いない。他には誰もいなかった。まさか桜の木が声だすわきゃあないんだから。三十年も同じ団地に住んでる人の声を聞き間違うほど耄碌してないつもりだよ」

苛立ちと思ったのは、恐れだったのかもしれない。突き出した唇から唾が飛んでくるようで、思わず身を捩った時、土井さんの身体が微妙に揺れているのがわかった。

「そりゃあ確かだ。だけどえらく若い声だった。甘ったれたみたいな。もういいよねえ、許してくれるでしょ、なんて。こう腕をしならせて。どう見ても八十近い婆さんのようじゃなかった」

土井さんが大真面目な様子で桜の木に抱きつく真似したので、思わず笑い声が洩れた。

「ほんとだったら。桜の木のそばにくると、今でもよく思い出すぐれえだもの。あんたによく似た、可愛い優しい声で、ずっと一緒ね、なんて言ってた」

土井さんは口をつぼめて盛大に唾を飲み込むと、照れたような笑顔を私に向けた。

「お迎えがくるのが間近になると、不思議なことが色々起こるよ。なあ、輪子さん。毎年毎年集会場で三回か四回葬式がでるんだ。こんな団地はどこにもないだろ。俺ほど葬式にでた自治会長はいないと思うよ」

私はつい労るように土井さんに向かって頷いた。団地も住人も老いたのだから、自治会長だって当然老人なのだった。青い作業着のポケットに両手を突っ込んで寒そうに首をすくめている土井さんの腕を私は恃むようにそっとさすった。

私が先に死ぬようなことになったら、土井さんは私の骨を音了さんの隣に埋めてくれるだろうか。

「なあ、わこちゃん。一度聞いてみたいと思ってたんだ。どんな男だったんだい。あんたの死んだ旦那は。俺も何度か会ってるはずなんだが、忘れちゃってね」

「たった五年しか一緒に暮らさなかったから。あんまりよく覚えてないの」

その言葉を待っていたように土井さんはさりげなく私に寄り添ってきた。

腕も肩も触れそうなほど男の人と寄り添って立つなんて、ずいぶん久しぶりな気がする。直樹さんが死んで、音子さんも囁く骨になってしまったけれど、私だとて肉の温かさとときめきをすっかり忘れたわけではない。父や直樹さんが背後から見つめてくれるような深く深く、身体全体が潤びるような喜悦ではないが、水仙の青い葉がスッと並んで伸びていくようなひめやかな息遣いが不思議と心地よく思える。

イキテイルヒトニハ、ジキニハルガクルノネ。

突然戻ってきた音子さんが背後から気配を強めて、私を押し出すような声で言った。

白い花

吹き抜けになっているホテルの中庭には大きな木が植えられていて、暗緑色の厚い葉の隙間にふっくらとした白い蕾がひとつ、不思議な卵のように光っていた。

木のてっぺんにむかってエレベーターがするするとあがり、ちょうど蕾のあたりでとまったかと思うと、すぐにおりてきた。

エレベーターのドアが開いて、白い服を着た女がひらりと出てきたので、それはまるで白い花の霊が化身となって現れたように、男には思えた。

女は迷うことなくまっすぐ歩いてきて、男の前に立った。

「はじめまして」

近くで見ると、思ったより若くなかった。白い服と化粧の隙間に、疲れた花びらに似た肌の色がところどころはみだしている。

男の執拗な視線に苛立つように、女は骨ばった指でトントンとテーブルの端を軽く叩いた。不躾な視線を咎めるようにも、会見の目的を思い出させる催促ともとれる仕草だった。

男はわざと鷹揚な身振りで椅子の背にもたれ、再び女を見つめた。値踏みをするような容赦のない目の色だった。

「これで、何もかも終わりにしていただくつもりで、今日は私が出向いてきました」

女は俯いたまま、また指でテーブルを叩いた。落ち着きのない、物欲しげな音に響いた。思ったとおり、品のない女だと男は感じた。

「誓約書を用意してきました。お約束のものを渡す前に、サインをして下さい」

封筒から取り出された書面を女は読むふりさえしなかった。テーブルの下で脚を組み直す気配がした。空気が動いて、女の身体から花の匂いがこぼれた。

「どうぞ、サインを。書面の内容に同意する意志がないのなら、約束のものをお渡しすることは出来ません」

子どもの使いではないのですから、と男の顔は言っていた。もともとこんなふうに正々堂々と戦うような相手ではないのかもしれない、という懸念も芽生えていた。

小さな薄い顔には不似合いな、たっぷりした唇が微妙に捩れて、女は笑ったようだった。

「いいの。こんなもの、どうせ何の役にもたたないのだから」

あどけない舌足らずの口調だったにもかかわらず、声は老婆のようにかすれていた。

「あなたの役にたたなくても、こちらには必要なものです。法律的にも」

声を荒げないように男は自制しなければならなかった。女はすれているだけではなく、話にならないほど愚かだということもあり得た。

「でも人と人の関係って、法律じゃないから。まして、男と女のことは」

「男と女の関係といいますが、真の恋愛だったらこんな金品の授受など存在しないのではないでしょうか。違いますか」

「恋愛って、いろいろありますから」

女はもう一度唇を歪めると、男がわからないことを言うとばかりに、再び苛々した仕草で、テーブルを指で叩いた。

「ずいぶん自分勝手な台詞ですね。まったくお話にならない」

「ええ。だからお話ではなく、持ってきたものを渡して下さい」

女はすぐにでも立ち上がりそうな気配で腰を浮かした。逃げる出口を探っているように視線がもう漂っていた。

「サインしていただかなくては、お渡しするわけにはいきません」

男は強い声で言って、会見の目的である金の入ったバッグを引き寄せた。

「あの人に言ってください。どんなサインも無駄だって」

テーブルの隅に添えられていた手を捕らえるひまもなかった。女はすばやく向きを変え、あっという間に歩き去って行った。

男は託された任務を果たすことが出来ずに困惑した。全く子どもの使いよりもっとひどい。怒りと苛立たしさと自己嫌悪が、普段にはない執拗さを男に与えた。

この町にあの女が滞在している限り自分も留まって、何度でも機会を作り、説得しようと思った。要求された金を渡して、サインをさせるまで、自分も同じホテルに宿泊する決意をした。結果を待っているであろう妹に、まず報告しなければならなかった。

「思ったより手強くてね。いや、不可能じゃあない。相手も感情的になっているんだ。ばかな意地を張ってもしょうがないと、じきに諦めるよ。多分明日か、遅くても明後日には、決着が着く」

ヒステリックに女を罵り、その後はお決まりの泣き声になった。確かに幼い子どもを抱えて、夫に背かれるのは不幸なことかもしれない。それにしても、なぜこんなふうに無力なのかと、同情よりも苛立たしさが募った。厄介なことを引き受けたものだと、後悔した。妻子のあるもう若くない男が、女に血迷って出奔し、あげくに自殺未遂を起こすなど。

よくある痴情のもつれではないのかもしれない。単なる恋愛や情事にしては、義弟の自殺という最終手段がどうしても腑に落ちない。生死の境をさまよう男を問い詰める代わりに、一度その女に会ってみたいという好奇心が、休暇をとってまで出かけてきた隠れた目的でもあった。

「どうして、きちんと縁を切ってくれないのかしら。だって、うちの人は死んでしまうかもしれないのよ。死んでしまえば元も子もないじゃないの。だいいち、なぜ夫は自殺なんかしたのかしら。もしかして、女の方から別れ話を持ち出したんじゃないの。ねえ、どう思う。だとしたら、手切れ金なんか準備する必要はなかったのかもしれない。ああ、一体どうすればいいのかしら」

泣いたり怒ったりして、同じことを訴えては、また堂々巡りの嘆きを繰り返す。妻になっても、母になっても、妹の愚かさはちっとも変わらないと、男は苦々しく受話器を遠ざけた。遠ざけたまま振向くと、女らしい姿がホテルの玄関で車に乗り込むのが見えた。

「わかった。また後で電話をするよ」

慌てて電話を切ると、男はホテルの前で待機しているタクシーに飛び乗った。

この古い都は碁盤の目のように道がきちんと整理されていたから、どんなに複雑な経路で走ったとしても、女の車をつけるのは案外容易かった。

「詩仙堂かもしれへんな」

途中から独り言を呟いていた運転手は、予想どおりだったことが自慢らしく、嬉しそうに男に笑いかけた。

車を待たせたまま、女の後から簡素な門をくぐった。そして、くぐった途端、驚いてあっと声をあげそうになった。

森閑とした境内のような場所を想像していたのに、そこはひどく明るい庭園だった。手入れされた植栽に白い砂の色が眩しく映えている。岩と水を配した庭に蘇鉄が異国的な明るさを添え、つつじの整然とした植え込みと不思議な調和を保っていた。

女の投げた目潰しにやられたように、男はここへ来た目的も忘れて、しばらく呆然と佇んでいた。

それにしても、まったくこの古い町はなんという奇妙な所だろう。男は二十年ぶりに訪れた町に驚愕していた。明るい場所と暗い場所が、まるで手品のようにくるくると入れ替わる。明るい近代的な道のはずれに、薄暗く湿った間口の家々が平たく続き、やがて車は朱塗りの橋を渡ったりする。墓地の続く坂道を下ると、突然華やかな女たちの群れる辻がある。ごみごみした商店街の隙間から、古錆びている塔が見える。

そう言えば女はなぜこの町を選んでやってきたのだろう。

女がこの町の生まれだという話は聞いていない。縁の人がいるわけでもないらしい。ただ男に去られた孤独をかこつのに、古都の雰囲気が感傷をそそったということなのだろうか。

様々な感慨と共に、目が微妙に光の調整を終えた時、庭を見下ろす堂内にいる女が目にはいった。白い服の裾をふわりとかぶせて、少女のように膝を抱えて座っている。

男の存在にまったく気づいていない女の背後にまわり、数人の客に混じって座った。詩仙堂の名の由来ともなった詩人の肖像を眺めるふりをしているうちに、客は次々と席を立ち、気づくと女の他には誰も残っていない。男は背後まで近づいてみて初めて、女が小さな声で歌を唄っているのに気づいた。いかにも楽しそうなのどかな歌声。情痴の果てに相手の男が死を選んだ。自身も深く関わった惨事など、まったく忘れ去ったようなせいせいとした横顔だった。

「月[※1]の沙漠をはるばると　旅の駱駝がゆきました

　金と銀との鞍おいて　二つならんでゆきました」

女のうしろには、若い娘が持つような籐のバッグが留め金もかけずに、置いてあった。男はふと悪戯を思いついたような気持ちになって、ズボンのポケットに祈りたたんであった誓約書をその中に入れると、何くわぬ風に席をたった。

「先の鞍には王子様　あとの鞍にはお姫様

　乗った二人はおそろいの　白い上着を着てました」

翌日も晩春というより盛夏の陽気だった。

男は新しい独自のプロジェクトでも任されたような張り切った気分で目が覚めた。

すぐに女をつけられるように身支度を済ませると、ラウンジで軽い朝食をとりながら、女が出てくるのを待った。

昨日と同じようにエレベーターはするすると上り、大きな蕾のある位置で止まって降りてきた。女は同じ白い服を着て、わざと見分けやすくしたかのように、鍔の広い帽子までかぶっている。女の車をつけるのは昨日より一層たやすかった。男は自分の胸に湧き上がる感興が久しぶりの休暇によるものなのか、興味をそそられ始めた古都の魅力なのか決めかねていた。前を走る車の後部座席に、白い雲のような女の帽子を確認するときだけ、旅の目的と妹の不幸な状況をかろうじて思い出すことができた。

車はどの町の郊外でも同じような畑と新興住宅地の間をしばらく走り、どっしりとした山門の前で止まった。

「ここはどこ」

女がぼんやりした足取りで歩き去るのを見送ってから、運転手に聞いた。

「小野御殿」

初老の運転手は少し憮然とした口調で告げた。

「御殿？　誰かの家なのか」

「随心院門跡。小町御殿です」

あまり長く車中にいて、少しうとうとしたのかもしれない。ぼんやりとした頭の中で、小野と小町という姓名が美貌で聞こえた歌人とやっと重なった時、運転手の目にあった侮蔑の色が、ふいに男の怒りを煽った。

「待っててくれなくていい。連れと帰る」

タクシーが走り去ってから、男はすぐに自分の愚かしい見栄を悔いた。運転手の目には、男が妻か愛人の不実を疑う嫉妬深い夫に映っていたことは間違いがない。だからどうだというのだ。事情を知らない運転手の勘違いなど、笑ってすませばいいだけではないか。

男は怒りの正体が腑に落ちないまま、総門をくぐった。苔の色が映える道を歩くと、また門がある。広大な敷地に点在する鈍色の屋根を見上げていると、背後をすっと白い色が横切った気がした。

振り向くと広い梅園である。もう青梅がびっしりと実っているような重い緑色の中を透かして見ても女らしい姿は見当たらない。仕方なく男は書院を囲む白い塀に沿って歩きだした。

格式のあるらしい清雅な庭。堅牢なだけでなく優美ささえ感じられる建物の背後に回ると、白い壁は所々毀たれ、朽ちた塀には昼顔の蔓が盛んに伸びている。深草の少将が九十九夜通った証の榧《かや》の実は、今では欲望の大樹となって広大な敷地を覆っている。

確かにここへ来たはずなのに、女はどこへ消えたのだろう。

猛々しいような草の匂いに立ちすくんでいると、どこからともなく、かあんかあんと、脅すような笑うような、不思議な音が聞こえてきた。乾いて軽い打楽器のような音である。誘われるように進むと、鬱蒼とした竹林に出た。真緑の節を連ねて、竹はしなりながら、空へと消えている。細い葉が海底の藻のように重なって、薄い光をいっそう淡く梳いている。鳴り続ける竹林に目をこらすと、竹と竹が風に揺れてぶつかっているのだった。竹の節にある空洞と空洞が響き合っているのだろう。まじかに見ると、節と節の間を小さな蝶がいくつも群れている。竹の節と節の間、空洞の中から蜜のようなものが染み出しているのかもしれない。

竹林の隙間を女の姿と見間違いながら再び歩いた。朝の感興は苛立ちに、苛立ちはそのままわけのわからない切迫感に変わった。誘《おび》き寄せられて、突き放される。女は夏草の繁みか、竹林の奥で待ち構えているようにも、とっくに逃れ去っているようにも思える。

小町を恋うて、九十九夜通った深草の少将の無念と憤怒が、男にも少し分かるような気がした。絶え間ない葉ずれの音がふいに止んだ時、竹の葉が散りしきった上に古びた塚があるのが目に入った。美貌の歌人に寄せられた千束の文が埋められたという塚の前には、不思議な供花のように、女の白い帽子がひっそりと置かれていた。

翌日も暑い日だった。女は昨日よりたっぷり一時間は遅れて、やっとエレベーターから降りてきた。いつもの白い服に、今朝は帽子の代わりに顔を三分の一ほどおおう大きいサングラスをかけている。頬の肉はさらにひとへら削がれて、鰓の目立つ魚のような顔が、一瞬男を振り返って見た。

案に相違して、女は車に乗り込まなかった。

外に出た途端、猛烈な暑さとコンクリートの照り返しに男はたじろいだ。

光というものは度外れた氾濫や充溢が続くと、音を発するのかもしれない。燦燦というよりみしみしと、光はあらゆる空間に漲ってひしめいている。

女の後をつけて、路地を曲がり、橋を渡り、坂道を登ったり降りたりした。男は汗で湿った体全体がぬめりとした皮膜で蔽われて自分が全く違う生き物になっていくような気がした。

心なしか女の息もあらく、脚ももつれがちに見える。

やがて女は葉桜の並木を抜けて土手を降り、木陰ひとつない川原を歩き始めた。茅に似た鋭い草が時おり刃物のようにぎらりと光る。白い裾はしきりに翻って、女の貧相な膝や踝を露わにする。炎天の中にいるとなおさら萎びてみえる女の姿を、男は草を敷いたまましばらく見ていた。

人っ子ひとりいない川原で、女は痩せた腕をぶらぶらさせながら、蹲って石を拾ったり捨てたりしている。露わな胸や首筋に汗で湿った髪をまつわらせたまま、拾った小石をいじっている姿は、まるで賽の河原で石を積んでいるように見える。

義弟はあんなみすぼらしい女のどこに惹かれて、自分の人生を抛ってしまったのだろう。

容赦のない光の反射で、染みのような女の四肢はじゅっと音をさせたように、時おり視界から抹消される。眼を凝らしているつもりでも、暑さと疲労で男の瞼は次第に重くなっていく。

草を敷いたままうたたねをしている男を、いつの間にか川原から上がった女が、橋の上からサングラスの目を据えてじっと見ている。


女の足取りは男の思惑などおかまいなく、謎めいた緩急を繰り返す。引き寄せることができそうなほど近づくこともあれば、まるで斑猫のように、導くと思わせて消えてしまう。若い娘のしなやかさで角を曲がったはずなのに、見つけた時は眼窩を翳らせた初老の女だったりする。

つけまわせばつけまわすほど、女のさりげない所作や行為がますます謎めいて見えてくる。幻惑と混乱と、酩酊。それはまるで女が、盛衰と明暗と美醜のくるくる入れ替わるこの町に、次第に同化していくような印象を男に与えた。

女の後を男がつけ、男の後を夕立ちがつけていたらしい。突然の驟雨で、駆け込んだ同じ山門の左右に分かれて、男と女は雨宿りをした。

参詣の途中で雨に降りこめられた観光客が、女と男の間隔をたくみに離してくれている。

「ひと雨きて、少しは涼しくなるといいけど」

「夕立ちってわけでもないらしい。やむかしらねえ」

観光客の雑談に紛れて、男は爪先を濡らしながら、雨の降り込む反対に回った。

「[※2]あめあめ降れ降れ母さんが　蛇の目でお迎え嬉しいな」

首をわずかに傾げて、無邪気な声で唄っている。雨に洗われた冴え冴えとした縁を背景に、忘我の表情をしている女を、男は初めて美しいと思った。彼女をつけまわしながら、掠めとるようにして見た菩薩や観音の柔和な微笑みが蘇る。男の心は思いがけず和んだ。今ならば飛沫の檻の中で、一緒に閉じ込められてもいい。そんな気さえした。

「あれあれあの子はずぶ濡れだ　柳の木陰で泣いている
　ぴちぴち　ちゃぷちゃぷ　らんらんらん」

山門の端に一歩進んだ女が束の間振り返った時、サングラスをはずした目元が濡れて見えた。泣いているかと思った途端、激しさの増した銀線の中にしごく当たり前のように、女はためらいもなく出ていった。


朝の新聞には大きな見出しで、古都の異常な暑さが報じられていた。

ラウンジにある皮の椅子までが、かすかに湿っぽい獣毛の匂いを発している。どんなに眠っても眠っても、ぬぐいがたい澱のような疲れが男を浸していく。

女の白い服にも、幻惑と混乱と酩酊しか与えないこの町にも飽いた。男はもう充分過ぎるほどわかっていた。女がこの町にやってきたのは、扱いかねている生命の浪費にこれほどふさわしい場所はなかったからだ。女が最後に求めたものは、生活を保障する約束でも、新たな人生の元手でもない。徒労と無為の残り時間に必要なささやかな経費に過ぎない。

女をどれほど追い詰めても成果などありはしない。たとえ、義弟の自殺にいくばくかの事件性があったとしても、みんな過ぎてしまったことだ。

いくつかの記憶や自我の残滓、感傷の断片をきれぎれの唄にして、この古い町に撒き終えたら、女の命数は尽きるだろう。

知らず知らず義弟から引き継いだ奇妙な看取りも終わったのだ。

無心されたものは生前供養のつもりで、女の部屋の郵便受けに落としてきた。

数日間の異常な暑さが、白い花の開花を早めたのだろうか。よく見ると巨大な卵のようにひっそりと置かれてあった蕾がかすかに綻びかけている。合掌の形はそのままに、蕾はじわじわと緩んできているようだ。花の内奥では、赤い蘂が待ちきれずにそそりたっているのかもしれない。

梔子《くちなし》色の肉片に似た花びらが落ちるのを見る前に発たなくてはならない。

※1　「月の沙漠」（作詞：加藤まさを　作曲：佐々木すぐる）
※2　「あめふり」（作詞：北原白秋　作曲：中山晋平）

芙蓉の種を運んだのは誰

「美知子、まだ寝てるの。ジャガイモ、ここに置いとくから」

いつものようにお姉ちゃんの声で起こされた。いかにも朝寝坊のように言うけど、時計を見たら八時ちょっと過ぎだった。ばからしい。主婦で、パートもしてて、畑仕事もあって、一日中働き続けなければならないお姉ちゃんと、私みたいに独身で、無職で、人づきあいもほとんどない女では、一日の長さも内容もまったく比べものにならない。八時に起きようが、昼まで寝ていようが、何も困ったことはない。誰に迷惑をかけることもない。ジャガイモなんか食うために起きるほど、お腹が減っているわけでもない。

田舎の夏の午前八時。どっちかというと、寝坊するのに都合がいいくらいだ。水を飲みに台所まで行き、縁側から庭をちょっと見て、また布団の上にごろりと横になる。

今朝もあの花の名前を聞くのを忘れた。

この家に引っ越してきて八ヵ月になる。引越しというのともちょっと違う、つまりここに逃げ帰って、隠れるように住み始めてから一年になるのだ。お母さんが死んだのが九月で、私が自己破産したのがその三ヵ月後。二人姉妹として、半分の遺産を放棄した代わりに、お姉ちゃんが私にこの家に住まわせてくれ、食べ物と、ほんのちょっとの小遣いをくれる。

相続も、私の借金もみんなチャラになって、裁判とか免責とか、親戚の説得とか、みんな済んで、丸く収まって、私は空家だったすーちゃんの家で、冬と春をだいたい寝て過ごした。

「美知子ちゃんはものぐさ太郎なん？　女のくせに」

十歳になる姪の亜美が言う通り、私は二部屋しかないすーちゃんの家で、ほとんどの時間を布団の敷いてある六畳間で過ごしている。お昼頃に顔を洗い、一日に二食食べて、テレビを見て、時々マニュキュアを塗ったり、誰にも会わないのにパックをしたり、化粧をしたり、それを落としたりして過ごす。歩いて十分ほどのお姉ちゃんの家に行くことは滅多にない。一月に一度、お母さんの命日にはお坊さんが来るので、亜美が迎えにくる。電話はない。東京にいる頃は二つ持っていた携帯電話もなくなった。新聞もとっていないし、郵便もこない。脳性麻痺を患っていたすーちゃんが、母親と十二年住んでいた時とすっかり同じように、親類からも、社会からも、忘れられたようにひっそりと生きている。

私は従兄弟のすーちゃんが好きだったから、姉から少し申し訳なさそうにこの家へ住むように言われた時、ほっとした。ちょっと嬉しかったくらいだ。すーちゃんの傍で暮らせる。ちょっとだけ私もすーちゃんになれる、そんな気がした。

すーちゃんは男の子のくせに色が白かった。多分外に出ることが少なかったから。紫外線から十二年間守られていたから。時々涎を垂らすことがあったけれど、すーちゃんはお雛様のような赤い可愛い口をしていた。白い喉、貝殻みたいな薄い耳だった。

あの花に似ている。まっすぐこっちを見ない、少し傾げた横顔。俯いて、すぐ揺れる。

「みーちこちゃん。おばちゃーん」

亜美の声がする。親に隠れてすーちゃんの所に遊びに行っていた三十年前の私のように、なぜか知らないが、亜美は母親の留守を狙っては私に会いにくる。

「なに。また来たの」

しょうがないから起き上がって、夕べ風呂上りに着たまま眠ってしまったTシャツ姿で出て行く。

「へんなの。シャツのお化けみたい。髪の毛ばさばさ」

母親譲りの癖っ毛をきちんと結わえて、赤いサンダルを履いている亜美がくすくす笑う。小学校でも前から二番目で、痩せっぽちで色の黒い亜美が私はやっぱり可愛いのだ。細い眼で、O脚で、すぐに指をさす癖のある姪だけが、私にとってたった一人時々会いたくなる人間なのだ。

「ジャガイモ食べた？　亜美、食べたよ。お母さんが、電子レンジでチンすれば簡単だって。あたし、してやろうか」

「いいよ。電子レンジでチンなら、あたしだって出来る。東京じゃあ電子レンジばっかり使ってたんだから」

「美知子おばちゃん、電子レンジ持ってたの？」

多分父親か、あるいは親戚の誰かが話しているのを聞いたのだろう。「美知子は風来坊で、たった一人で、何にもない。ずっとすっからかんで生きてきたんだ」と。

まったく田舎の貧乏人なんて、バカばっかりだ。たった一人で、何もなくて、すっからかんだったら、七百万の借金なんか作るもんか。

「おばちゃんち、マヨネーズある？　醤油は？　でもきっとフォーク、ないよね？」

四十歳のひとりぼっちの叔母さんを気遣う十歳の姪のために、マヨネーズと醤油と、フォークを出す。

「あっ、フォーク、きれえ。ここんち、すっごくきれえなもんが、時々あるね」

隆と四年間同棲していた時に使っていた果物フォークなんか、どうしてマンションから持ち出したりしたのか、自分でも訳がわからない。あんな奴、嘘つきで、女癖が悪くて、いいとこなんか何もなかったのに。

「ヨッキュウフマンだったら、美知子ちゃんもこんなふうにするといいよ。お母さんもしょっちゅうしてるよ。ヨッキュウフマンの時」

洗ったジャガイモにぶすぶすフォークを刺して、亜美が私にもやるように勧める。赤いビー玉がついた果物フォークを握り、姪の真似をしてジャガイモにぶすぶす突き刺す。

阿佐ヶ谷のアーケードの中にある雑貨屋でこれを買ったのは、もう十年も前だ。隣の八百屋で桃を買ったら、果物フォークが必要だと言ったのは隆だった。私は他の果物みたいに、楊枝で刺して食べればいいと言ったのに、隆は桃は甘い汁がだらだら垂れるから、桃を食う時は絶対フォークが要ると言い張った。いい加減な奴だったのに、あの時だけは頑固だった。後で知ったのだが、隆の故郷は山梨の桃農家で、桃の季節になるとちょっと傷んで出荷できなくなった傷物を毎日食べていたのだという。

「桃源郷って知ってるか。俺はそういう極楽みたいなとこで育ったんだ」

隆は自慢気に言っていたが、私と暮らした四年のうちで、実家から一度も桃なんか送ってこなかったから、嘘かもしれない。

電子レンジから取り出したジャガイモにバターとマヨネーズと醤油をつけて、亜美と食べた。バターも意外といける、とまるでおじさんのような口調で姪が感想を言った。

「亜美、庭に咲いてる花の名前、知ってる?」

果物フォークを握ったままの姪に聞いた。すーちゃんは子どものくせに大人よりたくさんの花や鳥の名前を知っていたから、もしかしたら亜美も誰かに教わっているかもしれないと思ったのだ。

「知らない。向日葵なら知ってる。バラも、桜も、水仙も、朝顔も知ってる。学校に咲く花は知ってるけど、雑草は知らない」

緑色に透き通った大きな葉。紅葉をでかくしたみたいな。花も大きい。すーちゃんの顔くらいある。白くて柔らかそうで、ふにゃふにゃしている。昔はこんな花はここになかった。

「サイケンシャって、何。おばちゃんの知り合いなの」

人の噂も七十五日だから、ほんの少しの辛抱だから、と姉は私に囁いたけれど、七十五日が過ぎても、私の噂はあちこちに飛び火して、いっこうに収まる気配がない。本家も分家も、赤の他人も、まだまだ私を監視したり、噂したりしているのだ。外聞の悪い不始末をして、実家に逃げ帰った安達さんちの、厄介者の末娘。

「亜美、もう帰んな。じきお母ちゃんが戻ってくるよ」

縁側で足をぶらぶら揺らしながら、蟻を見ていた姪が素直なこっくりをする。十歳の姪に話すことはあんまりないし、ここに遊びに来ていることがばれれば、義兄はまたお姉ちゃんを責めるだろう。

ジャガイモは胸がやける。私は洗面所でしつこく歯を磨きながら、夏は昼間が長過ぎて困るとふいに思う。水道の水を出しっぱなしにして、またもう一度口をすすぐ。煙草もビールも呑まなくなってから、私の口の中はどんどんきれいになっていく。

口の中なんかどんなにきれいになったって、しょうがない。歯でキスするわけじゃあなし。真っ白な歯を見せて、愛想笑いをする相手もいない。ピンクの歯茎を生ぬるい誰かの舌が嘗め回すわけでもない。

他にすることもないので、居間のテレビをつける。でっかい四十七インチのテレビを見ていたこともあったけれど、今はパソコンの画面ほどのちゃちなテレビだ。お母さんが市民病院に入院していた時、買って持ち込んだというテレビ。自己破産者の私に許された唯一の娯楽。今の私にとって、テレビはインターネットの代わりであり、新聞の役目もして、ゴシップ記事を漁る週刊誌であり、友だちであり、いつも一緒にいる家族というわけ。つまり以前にはちょっとだけ関わったこともある社会そのものなのだ。

することが何もないので、化粧を始める。お姉ちゃんが百円ショップで買ってきた安物の鏡は容赦がない。破産前に買った高い化粧品を毎日しつこく塗りたくっても、毛穴は広がっていくし、皺は増えるし、肉なんかついていないのに、顔全体がどんどん弛んでいく。

もともと私は色が黒かったから、ローンで買った高価な美白クリームを欠かさなかった。エステにも行った。若い頃から紫外線にだけは気をつけて、UVだけでなく、黒い手袋をして、洋服もタートルネックを着てデコルテの白さをキープした。

三十代の時はけっこうもてた。若い時は陰気そうに見えて損をしたから、その分、きれいな色の服を着て、化粧も濃い目にした。ダイエットなんかしなくても、昔から痩せていたから、七号の服がぴったりで、スタイルには自信があった。

顔や肌にはずいぶん金をかけたのに、みんな無駄になった。失恋をするたびに貧乏になって、貧乏になるとますます失恋に加速がついた。男運だけじゃなく、仕事運もなかった。自己破産は運の総決算みたいなもので、それなりに覚悟はしていたけど、時期が悪かった。

母親が死んで、私は四十歳になってしまった。

私は手先がぶきだから、化粧が下手だ。特に眉を描くのが苦手だったから、刺青眉にしたことがある。化粧を落とした後、眠っている時も眉だけはきれいに見える。隆と同棲を始めた時、初めて自分の寝顔が可愛いければいいなどと思ったのだ。

おかげで、今の老け顔に眉だけが若くて、みっともないことこの上ない。

「美知子、まさか東京に行くんじゃないだろうね」

急に声をかけられたので振り向くと、大きな日除け帽をかぶったお姉ちゃんが庭に立っていた。

「いくら名義は自分のものでも、今は私が住んでいるんだから、入って来るときは挨拶くらいしなよ」

メイギという言葉にお姉ちゃんは過敏に反応する。肩を落として、疲れたような溜息をつき、縁側にどさりとスーパーのビニール袋を置いた。

「たった二人っきりの姉妹なのに、まだそんなこと言ってるんだね」

お姉ちゃんを恨んだり疑ったりしているわけではないのに、会うとつい嫌味を言ったり、不機嫌な顔をしてしまう。自己破産しても、私の根性はちっとも変わらない。働き者で、素直なお姉ちゃんといつも比べられて育ったから、ひがみ根性がしみついてしまったのだ。

「うるさいなあ。自分のお金で電車に乗るにも許可が必要なの。それとも高校時代に、停学になった時みたいに、反省文書いて、保護者の判子がいるわけ」

お姉ちゃんはエプロンの隅で涙をぬぐっている。怒るか泣くか。その両方か、ここ一年はずっとこんなふうだ。全くくさくさする。

「まだ私のこと恨んでるんだね。確かに畑や家の地所なんかを売られたら困るから、あんたには相続を放棄して貰ったけど。それは一時のことで。美知子に何もやらないと決めたわけじゃないんだから」

スーパーの袋からトウモロコシの髭と、ポテトチップと、素麵の束と栄屋のクリームパンが覗いている。パートの帰りに買い物をして、私が子どもの頃から好きだったクリームパンを買いにわざわざ遠い栄屋まで行ったのだ。この暑い日に、紫外線カットのＵＶクリームもつけずに。

「遺産遺産って、近所じゃ噂してるらしいけど。お母ちゃんの保険金なんか多寡が知れてる。こんなド田舎、相続したからって、土地も山もすぐに売れるほど景気はよくないし。あたしだって、今すぐお金が必要ってわけじゃないから、気にしてないよ」

子どもの頃から私はいい加減で、いい加減でいるためには嘘も平気でついた。ごまかすのも、しらばっくれるのも得意だったのに、お姉ちゃんと三十分一緒にいると、思わず本音を言ってしまう。

「お昼、食べたの。素麺でも茹でようか。あっ、薬味が葱しかない。美知子は紫蘇がないと食べなかったよね。お母さんは茗荷。私は生姜。亜美は子どものくせに、胡麻のすったのがお気に入り。うちの人は天麩羅がない時は油揚げ。男の人って、素麺だけじゃあ物足らないんだね」

トウモロコシを茹でている匂いがする。お姉ちゃんは昔から人の面倒を見すぎるのだ。働き者の女はよく気がついて、気がつくからまた余計に働かなきゃあならない。そんな簡単な仕組みがどうしてわからないんだろう。わかっていても、性分だから仕方ないのかもしれない。

人の為に働くっていうのはきりがない。きりがないことをやるのは所詮無駄骨だ。疲れるだけ。お母さんとお姉ちゃんを見ていて、あたしはそういう気配りや思いやりがアホらしくてたまらなかった。あたしは、自分のことだけ考えて生きていくために、故郷にくっついている義理やしがらみや恩なんか、全部ぶつっと切って、東京に行った。

「はい。ちょっと硬かったけど。美知子は粒のちっちゃい方が好きだったよね」

あたしがずっと昔に捨てたものを、お姉ちゃんは次々と取り出して店開きしてみせる。おもいやり、義理や思い出や、血縁の有難さなんかを。

茹でたトウモロコシに深く歯をあててかぶりつく。わざとがつがつ食べると、甘い種がぶちぶちと口の中で潰れる。

「じゃあ、また来るから。暑くて食欲がなくても、ちゃんと食べなきゃあダメだよ」

日陰の軒に置いてあった自転車に乗って、お姉ちゃんは炎天下の中を走り去っていく。

また庭に咲いている花の名前を聞くのを忘れた。


編笠山の上にあった灰色の雲が盛んに動いて、雨になった。今年初めての大きな夕立ち。雷が鳴って、時々紫色の稲光がきらめく。私はお姉ちゃんが百円ショップで買ってきた傘をさして、雨と雷に会いに川の方へ歩き出した。

いつ頃から私は雨が好きになったんだろう。遠足が嫌いだった。運動会も、キャンプも嫌いだった。みんなで一斉にしなきゃあならない、先生が「心を合わせてしましょう」と言う行事はみんな嫌いだったから、多分小学生の頃から私はもう立派な雨女だった。

どしゃぶりの雨の中から人が近づいてくる。私と同じくらいの歳の女。同級生の孝子に似ている。猫背で、内股の歩き方。大人しそうに見えて、中身は陰険だった。あの子があんたの悪口を言ってる。あいつはほんとはあんたが大嫌いなんだって、と裏に回っては友達の仲を引き裂き、仲間を売っていた。

ビニールの傘からちらっとこっちを見る。多分私だって気づいていない。意地悪なくせに頭が悪くて、視力も弱かった。振り向きもしないで遠ざかっていく。泥をはねあげて、内股の急ぎ足。雨がすぐに消してしまう。

まだ五時前だというのに、あちこちの家に灯りがつく。雨の中に灯りが点るのが私は好きだ。流れて消える前の世界みたい。輪郭がみんなぼやけて、近くも遠くもぶれて霞む。優しいっていうのは、きっとこんな状態に似てるのだろう。頼りなく、心細く、やたら人恋しい。

銀色の車が後ろからスピードを落とさずにやってきて、ライトが一瞬あたしを轢く。水しぶきがあがって、まるで川の中を走っていくようにすぐに消えてしまう。雨ほど上手にさりげなく消してしまうものはない。闇のように庇ったり、隠したりしない。

草だらけの川の岸でしばらく水の流れを見ていた。動くものを見ていると心が落ち着くといったら、お母さんやお姉ちゃんは普通はその反対だと言った。田舎は静かで、山も畑も野もみんな動かず、そのままだから心が安らぐのだと。

雨に倒れた草の上に水がどんどんかぶさって川が膨らんでいく。安物の傘を破る勢いで雨が勢いを増す。ここでずっと川を見ていると、十歳の自分に戻っていく気がする。二十代の、三十になってからの自分が雨の中で一列に並んで川を見ているような。

濁った水。どんどん行き過ぎて、黄色や緑色や白色に盛り上がって、動きまわりうねっている水を見ていると、あたしの心に早くこの土地を出ていかなければという気持ちが膨らんでくる。

「美知子ちゃんだろ。相変わらず、若いねえ。俺のこと、覚えてる?」

薄汚れた黄いろい顔が突然突き出されて驚いた。

「正樹だろ。覚えてるよ」

田舎に帰ってきて、一番会いたくない奴に、一番会いたくない時にあってしまった。

「あんたこそ今時分、どこへ行くの。配達の帰り?」

早く行ってもらいたいから、興味もないのについ聞いた。

「知らなかったのか。俺んち、酒屋やめて、コンビニになったんだよ。きょう日は、どこにでも自動販売機があって、あんな重くて、大して金にならない酒やビール、運んでらんねえよ」

正樹の家は酒屋と米屋と雑貨屋を兼ねていて、このあたりでは一番大きな商店だったから、郵便局や駅や役場の次に人の出入りが多かった。自ずと郵便局や駅や役場の次に噂の発信元でもあった。正樹の家は土地持ちだったし、日銭が動くので昔から羽振りがよかった。本家も分家も威張っていて、何度か町会議員にもなった。

「離婚したわけじゃねえんだろ。ずっとこっちにいるんか」

店はコンビニに姿を変えても、噂の発信元であることに変わりはない。配達の代わりに時々出張っては、探りを入れたり噂を確かめたりしているのだろう。

「逃げられちゃってさ。金にも男にも。疲れたからちょっと実家で英気を養ってるわけ」

亜美にわざわざ時刻表を調べてもらったのに、上りの電車はやってきそうにない。土手と土手の間の古びた鉄橋の上で、私はくるりと向きを変える。電車が通過しさえすれば、上りだって、下りだってかまわないのだ。

「まさか誰かと逢引ってわけでもないんだろ」

正樹はさりげなく近づいてきて、酒臭い息を吐く。単線の線路はどこまでも静かで、夕凪の暑さだけが立ち上ってくる。

「電車を待ってるんだよ。来たら飛び込もうと思って」

私はわざと鉄橋から少し身を乗り出してみせた。相手がとっさにあとずさるのがおかしい。運動会のリレーで、負けそうになるとわざとぶつかって相手のバトンを落としたりした。中年になっても、小狡い奴は小狡いままだ。

「でまかせ言う癖は直ってねえな。七時を過ぎると急行は通らない。各駅停車の鈍行なんかじゃ死ねないよ」

夏の夕暮れは長い。なかなか暮れない。両脇の土手の青さが増した分余計に、赤錆びた橋は遠めにもくっきり見えるだろう。正樹の小太りな姿が消えるのを見届けてから、私は本気で橋から上半身をぐっと乗り出してみた。

遠くのホームに明かりが見えて、各駅停車の電車らしい正面が朧ろに見える。アナウンスは聞こえてこないけれど、じきにドアが閉まり、電車は加速して鉄橋の下を通るだろう。

今、通った。

通り過ぎた後も、嬉しくて、何だか興奮して胸がどきどきしたままだ。

行ってしまった。あんなふうにためらいもなくごぉーと音をさせて。突風で左右に靡いた草の真ん中を猛スピードで通り過ぎたらどんなに気持ちがいいだろう。後悔とか、未練とかみんないっぺんに薙ぎ倒して、一切合財とっぱらって行けるところまで走り抜けて。

暮れ残った陸橋に立って、山のてっぺんに出ている月と、その隣に光っている小さい星をいつまでもじっと見ている。

「守宮《やもり》が出たんだって」

義兄の眼鏡がぴかりと光る。隣に座っていた亜美がぱっと日を輝かせて、私を見る。

「そう、多分。蜥蜴《とかげ》に似ていたけど、守宮だったと思う」

お坊さんを送って帰ってきたお姉ちゃんが、簡単服の裾を折って敷居の前でペタリと座る。

「やっぱりね。お盆が近づくと、必ず出るのよ。土間の窓際のあたりに。私は見たことはないけど、お母さんも見たって言ってた」

「おっきいの。蜥蜴よりずっと、ずっとおっきいの」

亜美が興奮した顔で、私とお姉ちゃんを代る代る見る。

「おっきいよ。亜美と大体同じくらい。ちっちゃい鰐くらい」

義兄が無言で私を睨む。私は昔から冗談が通じない男と、金に細かい男が大嫌いだった。

「べったり壁に張り付いていた時は鈍そうだったのに、獲ろうとして長い棒を見つけているうちにいなくなっちゃった。あんな染みみたいな形してるのに、動くんだね。今度見つけたら、亜美にやるよ。夏休みの観察日記に使えるかもしれない」

義兄は腹に据えかねたような顔でお姉ちゃんを睨むと、そのまま部屋を出ていった。

「獲れるの、ねえ、獲れる。ほんとに。そしたら何を餌にしたらいいの」

亜美が揺さぶっても、お姉ちゃんはぼんやりと敷居を見つめている。義兄のように怒っているわけでも、姪のように興奮しているわけでもないらしい。何かを思い出している時の癖で、下唇を少し突き出している横顔が、まだ線香の煙に包まれているお母さんの遺影にそっくりだ。

「美知子、見つけても守宮を獲ったり、いじめたりしないで。守宮は家を守っているのよ。すーちゃんの思い出を守っているの。武子おばちゃんみたいに。それから、もっと他のいろんな人の分も」

武子おばちゃんはすーちゃんが死んだ三年後に川で死んだ。ちょうど今の私と同じ歳だった。遺書も日記も残っていなかったから、とうとうすーちゃんの父親が誰なのかわからずじまいだった。

「美知子おばちゃん、守宮の餌は。ねえ、お母ちゃん、守宮は何を食べて生きているの。夏が過ぎると死んじゃうの。守宮って、鳴く？」

亜美は仏壇の前でぴょんぴょん飛び跳ねる。次々に繰り出される質問のどれにも答えられないまま、亜美のはしゃぎが乗り移って、私とお姉ちゃんは顔を見合わせて笑う。仏壇のお母さんも笑う。

またあの花の名前を聞いてくるのを忘れた。

お母さんが斑惚けになった一時期、この家に住んでいたことがあったなんて初耳だった。すーちゃんとすーちゃんのお母さんの武子おばちゃんが死んだ後、ずっとこの家は空家になっていたのだとばかり思っていた。

「ごめんね。隠してて。美知子にはいつか打ち明けるつもりだった。病院から退院しても、老人ホームに空きがなくて。しばらくすーちゃんの家にいたの」

お姉ちゃんは申し訳なさそうに打ち明けたけれど、勿論私がそんなこと、咎めだてできるはずもない。お母さんが惚け始めたと聞いた時、私はもう借金取りから逃げまわっていて、あちこち泊まり歩いていた。嘘をついて、お人良しの友だちを半分騙すようなことをして、その日暮らしをしていた。親の世話どころか、実家に帰ることも考えなかった。

そうか。お母さんもここで暮らした時期があったのか。あの花はすーちゃんとは限らない。斑惚けになったお母さんかも知れないんだ。

私はお姉ちゃんが帰り際にビニール袋一杯くれた枝豆を食べ続けている。最初私がつきあった十歳年上の男は枝豆が好物だった。男が家族の待つ家に帰ると、私はたくさんの枝豆の殻の始末をした。

こんなふうに食べ物にいつも思い出がくっついているのは、どうしてだろう。この家で食べるからだろうか、それとも夏の食べ物が特に思い出と繋がっているわけでもあるのだろうか。お母さんもすーちゃんもここで素麺を食べたり、茹でたとうもろこしや枝豆なんか食べながら、思い出したり、また忘れたりして過ごしたのだろうか。守宮は思い出ごと家を守っているのだろうか。

ちょっと不気味な気もするけれど、殺したり、捨てたり出来ない。姿を現すことは稀だけれどそこにいる。私は守宮がいるらしい土間の薄暗がりを見ながら、思い出したくもない色々なことを思い出しながら、枝豆を食べ続ける。

嘘つきでいい加減なくせに、私は昔から断るのが下手だった。自信たっぷりでしつこい人間は心底怖い。デパートの店員も、エステの勧誘員も、高級化粧品のセールスマンも、旅行会社の社員も、断るのが苦手な人間を嗅ぎ分ける鋭い嗅覚を持っている。もしかしたら、そういう特別な教育を受けているのかもしれない。

私は褒め言葉や見え透いた親切に乗せられたのではない。虚栄心とか買い物依存とかさんざん説教をされたけれど、説教をする人間もみんな自信たっぷりだから、自己破産した本当の理由なんか説明する気にならなかった。

買った時に、私は半分以上それを捨てていた。商品だけでなく、その講釈も効能もどうでもよくなっている。飽きて、うんざりして、投げている。自信たっぷりな人にいちいち反論したり相槌をうったりすることが面倒くさい。早くその場を逃れたくて、自信たっぷりな人に捕まってしまったことに疲れて、もうすべてを切り上げてしまいたくなる。カードを出してサインをするのは簡単な逃げ方に思えた。

１ＤＫのマンションに溢れるほどの物を買ったわけでもない。モデルや女優のように自分を磨くために自己投資したというのでもない。隆と暮らしている時はパチンコもやめたし、夜遊びもしなかった。

時々あのアパートの夢を見る。外階段を上機嫌に上ってくる足音を聞くことがある。東京に出て二十年のうちに数え切れないほど引越しをした。借りたまま、ほとんど住まなかった部屋もある。なぜ隆と暮らした部屋だけ夢に見るのか、理由は簡単だ。隆との暮らしが一番長かったし、あの部屋でだけ私は待つことが出来たからだ。

待つことが楽しいということは、私にとって何かを信じることと同じだったのではないか、と気づいたのは今朝だった。

夢の中で誰かを待っていた。眠りの中ですーちゃんか、少し惚けかかったお母さんになっていたのかもしれない。あてどなく、頼りなく、けれど決して悲しくはなく、誰かを待っている。その人が帰って来るのが嬉しい。その人も私に会えば嬉しいはずだ。そのことは最初からわかっている。

夢の中で私はそんなふうに人を待っていた。

あの花もそんなふうに咲いているのではないかと初めて気づいた。

「まさかここに本気で居つくつもりじゃないだろうね」

むしった草を持ったまま顔を上げると、義兄が立っていた。つい今さっき抜こうかどうしようか迷って、やっぱり残しておいた小さな紫色の花を、ばかでかいサンダルが踏み潰している。

「住むよ。ずっと。だってこの家は私が貰ったんだから、住もうが売ろうが私の勝手じゃない」

腹がたつので、余計に汗が出る。あまり汗が出るのは更年期になる印かもしれないとお姉ちゃんが言っていた。母親が死んで、自己破産して、更年期になるなんて。四十歳になるとどうして嫌なことばかり目白押しにやってくるのだろう。

「じき一周忌だ。いい潮時だと思わないか」

やたら力まかせに引っ張るので、草は根を残したまま切れる。ちぎれたところから青臭い匂いがたつ。あっちからもこっちからも、草と虫とこの男の汗の匂いがあたしを取り囲んでしまう。

「少しは世間体や俺たち家族のことも考えてくれ。自分勝手過ぎるじゃないか」

屈んだ私の背中に義兄が太い膝をごつんごつん当ててくる。怒りで頭が真っ白になってしまう。好きでもない男にこんなふうに触られるのはまっぴらだ。

「自分勝手だって、よく言うよ。財産を分けたくなくて、自己破産しろってけしかけたのはあんただろ」

立ち上がりざま、泥のついた草の束をぶつけてやった。それだけで足りずに、手近にあった枝をむしろうとして、はっと手を引っ込めた。咲いたばかりの花びら、思わずすーちゃんや、母の顔をした花を折るところだった。

「アパートを借りる当座の金だけはくれてやる。その代わり、すぐこの家を出てってくれ。こんな外聞の悪い家に女房だけならまだしも、亜美が来るのは我慢できねえ」

投げつけられた草を踏みつけ、襟や袖に飛び散った泥をはたいて義兄は震える声で言った。握り拳がぶるぶる震えている。

花に庇ってもらった。逆上して、取り返しのつかない怒りを爆発させそうになった私を花は黙って諫めてくれた。

しゅんとした。立ち眩みの後のように視界が暗くぶれる。両手をだらりと下げたまま、義兄が帰っていくのを見送った。この花もじきに終わる。長い夏中、毎日毎日一つづつ萎んでひとつづつ新しく咲き続けてきたのだ。もう蕾はいくつも残っていない。

義兄が言っていた潮時というのはこんなことを言うのかもしれない。

「きれえな芙蓉の花だねえ。またこの花を見せてもらって。来た甲斐があったよ」

鳥や蝶や虫ならいざ知らず、二本足で歩く生き物がこんなふうに忽然と庭先に現れると、本当に驚く。カードロックもインターホンもない田舎の一軒家に住んでいると、自分の心まで、知らずに開けっ放しになってくるのだろうか。

「ごめんなさいよ。勝手に入りこんじゃって。あたし、この近所をまわってる蒟蒻売りなんだけど」

里芋のように黒ずんだ皺の間から人なつっこい目が光っている。腕も手も手漉き和紙のように皺だらけだ。

「フヨウって言うんですか。この花の名前」

お盆が済んだら急に涼しくなって、ひと夏中着続けたTシャツだと首筋が冷える。赤いオーバーブラウスをひっかけて庭に飛び出したら、おばさんはぎょっとした顔で私を見た。

「ああ、びっくりした。急に女の人が飛び出してきて。きれえな幽霊かと思った」

「幽霊って。ここに昔住んでた人と知り合いだったんですか」

庭先に置いてある旧式な古い自転車の前まで後ずさりしたおばさんに、詰め寄るようにして聞いた。

「知り合いっていうか。蒟蒻売りに来ると、時々寄せてもらってた」

おばさんは私の背中越しに、了承を得るような目つきで芙蓉の花を眺める。

「蒟蒻の刺身が好物だっていうから、売れ残ると花見代に置いてったりしたんだよ。ラクさんが居る時にゃあ」

「ラクさんって？」

「あははっ。そりゃああたしが勝手につけた名前。楽隠居のラクさん」

芙蓉の花がおいでおいでをするように親しげに揺れる。私は今まで触るのも嫌いだった蒟蒻を買うことにした。お姉ちゃんはまったく、どれほどあたしに隠し事をしているのだろう。

「この花、いつ頃からあったんですか。そのラクさんっていう人が植えたのかしらね」

「そこまでは、わかんね。ただラクさんが教えてくれたんだ。こんなにきれえなのに、こいつは俺とおんなじ名前で呼ばれて気の毒だ。不用だなんて、あはっあはっ」

笑うとおばさんの口にはほとんど歯がないのがわかる。これじゃあ歯ごたえが命の刺身蒟蒻の試食はできそうにない。

「ラクさんって言う人がいたの、何年くらい前？」

「何年くれえ前だろ。この芙蓉の木がまだこんくれえの背丈だった」

おばさんは自分の肩のあたりを示して見せた。少なくとも今よりも二十センチほど低い。

蒟蒻は腸を掃除してくれるとか、カロリーがないからダイエットにもいいと、テレビや雑誌の請売りをつけて、おばさんが売れ残った蒟蒻を置いて帰った後、入れ違いにパート帰りらしいお姉ちゃんが来た。

お姉ちゃんは私が大嫌いな蒟蒻の入ったビニール袋を見せると、すぐに観念したらしく、しどろもどろの言い訳を始めた。

「ほんとにあたしはよく知らないの。お母さんはその人の素性、わかってたと思う。住む所がなくて困ってるから、ほんの一時、人助けだと思って貸してるって。あたしたちにはそれしか言わなかった。役場や交番の人が来たりしなかったし。ほんの一時だけだったのよ、ほんとに」

顔中の汗を拭きながら打ち明けると、申し訳なさそうな目つきで芙蓉の花を見た。義兄が「外聞の悪い因縁のある家」と口走ったことを思い出す。あんなきれいで、優しげな花なのに、フヨウなどと呼ばれて。一体あの花の種を運んだのは誰だったのか。

お姉ちゃんがいつもよりよそよそしい様子で帰ってから、スーパーの袋を開けると、中に女が一人で一年くらいは暮らせるお金が入っていた。

「へええ、そういうことか」

私はまるで芙蓉の花に聞かせるように口に出して言った。腹もたたなければ、悲しくもなかった。花がみんな咲ききって、もう一度くらい亜美に会ったら出て行こう。

この家はフヨウの者が寄り付く家なのだ。ラクさんというのはすーちゃんのお父さんかもしれないし、お母さんに縁のある人かもしれない。武子おばさんが死んだ後、ほんのちょっと守宮の代わりに住み込んで、芙蓉の苗を植えたのかもしれない。

買った蒟蒻はよく見ると半透明のぶよぶよした塊で、何かの細かい卵のような黒い点が無数にある。四年一緒に暮らした隆が夏になると、「雷こんにゃくだ」と言って、油の中に唐辛子をいっぱい入れて、汗だくになりながら炒めていたことを思い出した。

野末

楓子様

姉さん、俺は手紙を出すことをずっと迷っていた。もうこれっきり姉弟の縁を絶つ覚悟もしたんだ。女房の安子がしつこく勧めなかったら、多分これを書くこともなかったと思う。姉さんだって、それを承知で中野の家を出たんだろ。当り前だよな。余程の覚悟がなかったら、あんな大それたこと出来るはずがない。最初に姉さんが家出をしたのは、三十五歳だ。そんときだって、俺とお袋がどんなに驚いたか。心配して、肝を潰したか。まさか忘れちゃあいないだろ。あれから二十年が経つってことは、姉さん、もう五十五だよ。

お袋の三回忌が近づいた頃、三宅さんとこへ電話をかけたんだ。お彼岸に帰ってくると思って安子と待ってたけど、何の連絡もなかったから。

「正樹さん。言いにくいんだけどね。楓子はもう一ヵ月も前から、家にはいない。行き先も、理由もわからない。はっきり言って病気だね。欠陥人間だよ。お姉さんは。今度こそもう待つ気も捜す気もない。遠山さんとの付き合いもこれっきりだと思って下さい」

三宅さんはずいぶん冷静な声で、怒っているというより、すっかりみんな終わったみたいな口調だった。その後、雄太から改めて色々聞かされた。

姉さん、三宅さんとのことは、まあいいよ。夫婦というのは元は他人だ。まして姉さんと三宅さんは一度離婚してる。元の鞘に納まったと言っても、二十年という歳月がすっぽり抜け落ちてるんだし、戻ってからまだ一年しか経ってない。再婚生活の研修期間みたいなものかもしれない。

だけど、雄太は実の子どもだろ。まして、かわいい盛りに一度捨てた息子なんだよ。なあ、産んだからには、母親っていうものは一生その子に対して、責任があるんじゃないのか。姉さんは残りの人生賭けて、償うと約束したはずだ。

情けないよ。まったく、腹が立つのを通り越して、俺はもうすっかり何もかもイヤになっちゃって、自棄だ。自棄で書いてんだ。

三回忌は終わったよ。俺と安子と叔母さん夫婦と、お袋の友だちが三人。次の日に雄太が一人で来た。

「子ども時代からずっと、お母さんが家を出てからも、おばあちゃんの家に来るのが一番楽しかった」

雄太は位牌の前で涙ぐんでいた。なあ、姉さんはお袋に死んでからも心配かけるのか。情けない、やるせない思いをさせるのか。自分を捨てた母親を許した孝行息子をまた裏切って、それで平気なのか。いい歳をして、孫がいる歳になって、まだ訳のわからない我儘と勝手を通して、家族にも世間にも顔向けできないことをし続けるのかよ。

人でなしって言うより、姉さんのやってることはほとんど犯罪だ。裏切って、突然理由も言わず、逃げ出していく。確信犯だと言われても、言い訳ひとつできねえだろ。

もういやだ。たった二人の姉弟だっていうのに。こんなことを言うために慣れない手紙書いて。怒ったり、愚痴ったりしてる。ばかばかしいから、もうこれ以上何も言いたくない。当然のことだけど、返事なんか要らない。謝ってもらっても、今更どうしようもない。

正樹様

やっぱり手紙くれたのね。きっと安子さんが、ずいぶん庇って、宥めて、色々手を尽くして説得してくれたのだと思うわ。だけど、無理しなくていいの。安子さんにも後で手紙を出すつもりだけど。どんなになじられても傷ついたりしない。もし説得したり説教しようと思ってるのだとしたら、それも詮無いことだから。

こうなってしまった後では、開き直るしか術がない。起こってしまったことは、済んでしまったこと。私はもう新しい暮らしを始めているし、後悔もしていない。良心の呵責とか、反省みたいなことは、事が起こる前にさんざしたのよ。自分を責めるのに飽き飽きしちゃった。いくら責めても他の方法は無いの。はなから無いの。どうしてもこうしたいって言うんじゃなくて、こうなっちゃうの。

中野の家に戻れた時は心底ほっとした。五十過ぎになって、膝とか腰とか痛くなって、もうセールスの仕事や、パートの梯子や夜勤なんかを続けていく気力も無くなっていたから。朝から晩まで働いて、給料の半分はアパート代に消える。そういう暮らしにつくづく疲れてた。いちいち話さなかったけど、最初に中野の家を出るきっかけになった男とは三年くらいしかもたなかったし、後は何だか離れ雑魚みたいな男と、成り行きでちょっと暮して、すぐ別れる。もう十年くらい、ほとんど一人で生きてきたんだもの。

復縁したら、雄太とまた暮らせる。そう思うだけで目が眩むほど嬉しかった。あんたは信じないでしょうけど、私、一人暮らしを続けるうちに、ずいぶん料理の腕を上げたの。惣菜のレパートリーだけでも、百以上は軽く作れた。みんな雄太に食べさせてあげたい。日曜日には一緒に飲んだり、たまにはカラオケでデュエットしたり。私が洗濯した下着を身につけて、アイロンかけたハンカチを持って。毎朝、背広姿のあの子を見送ったりするのはどんなに楽しいだろうって。

三宅が好きで復縁したんじゃない。ただ迷惑をかけた分、恩返しをするつもりだった。家政婦並の待遇だって、不満なんて感じなかった。

嫁の久美さんが妊娠して、中野の家を二世帯住宅にした頃から、もう私、持ち堪えられなかった。おまえだって知ってるでしょ。私って、昔から大きな家が嫌いなの。垣とか、塀とか、門とかある家に住んでいると、心が縮こまって、胸に得体の知れないもわもわが溜まっていく。おつかいの帰りに家の門が見えてくると、動悸がして、吸っても吸っても空気が私の口を素通りする感じ。焦れば焦るほど呼吸が浅くなり、ぶるぶる身体中震えて、一歩も前に進めなくなる。あれ、過呼吸症候群って言うんだって。久美さんが電話で話しているのを聞いたの。

「若い嫁がなるならわかるけど、初老の姑がなる病気じゃないでしょ」って笑ってた。

もうすっかり治った。ビニール袋に自分の吐いた息溜めるなんて、あんなばかばかしいことを真剣にしていたのかと思うと、今ではちょっと笑っちゃう。

つまりね、正樹。私はやっぱりいい奥さんにも、いいお姑にも、勿論いい母親にも、賢い年寄りにもなれないの。言い訳は言わない。非常識で、自分勝手な女だから。薄情な母親だから、どれを当てはめて貰っても、みんな当たってる。私って、誰かに何かを期待されると、一杯息しなくちゃならなくなって、過呼吸になるみたい。屁理屈と言われても、自己弁護だと責められても平気。だってせめて生きているうちくらい、普通に息していたいじゃない。普通に息して、時々は「ああ、いい気持」って、晴れ晴れ吸った息を、思いっきり吐いて。

だから心配しないで。きっとそのうち辿り着くから。こんな気儘な生き物を風と光が時間をかけて、野晒しにしてくれるような場所に。

楓子様

お義姉さん、お元気ですか。うちの人から変てこりんな手紙が届いたでしょ。ぷりぷり怒って、書けば書くほど興奮して、あげくの果てには、「こんな餓鬼みたいな手紙、恥しくて出せるか」って丸めて捨てたの。

ほんとひどい字、ひどい文章。今どきは中学生だってもっとちゃんとした手紙を書く。それに何よりも、あの手紙は嘘ばっかり。楓子さんに思いっきり悪態をついているけど、うちの人はいつだって、お義姉さんのことが心配で心配で、大切で、人好きなのです。お義母さんもそうだった。楓子さんがいなかった二十年間、この家でお義姉さんの話をしなかった日は一日だってない位です。

だから習い始めたパソコンを使って、あの手紙は私が打ちました。お義母さんが亡くなってから、私はこんなふうに自分のしたいことをどんどん勝手にするようになったのです。うちの人は私と喧嘩をして、言い負かされそうになると、「お前は姉貴にそっくりになってきた」と怒ります。ほんとは全く似ていないのに。美人で聡明で、勝気で気儘で働き者。そんな女の人が世間にそれほど大勢在るはずはないのです。

「楓子のふうは、風来坊のふう、風狂のふう。植木職人だった祖父が長男は正樹。長女は楓という名前にするつもりだったのに。カエデじゃあ、腰元の名前みたいで可哀相だって、父親が子なんか付け足すもんだから、根を張る木とさすらう風がひとつの字になって、楓子は名にふさわしい女になった」

この家に嫁いですぐに、お義母さんからお義姉さんの名前の由来を聞かされました。

うちの人の子どもっぽい憤懣はともかく、私がお義姉さんに恨みや愚痴を言うとしたら、ただひとつ。それはお義姉さんがお義母さんにした余りに酷い仕打ちについてです。

非常識とか、外聞が悪いとか、不義理と言ってみたところで、それは周囲の押し付けで、世間一般の建前でしかない。お義母さんの悲しみは、そんなものの入りこむ余地のないほど真摯で深いものでした。オーバーで言っているのではなく、お義姉さんが出奔してから、お義母さんの心も旅に出たのだと思います。故郷も家族も世間も捨てて。娘と同じように一人ぼっちで。お義母さんがいつだったか言っていました。孤児というのは、親に死なれた子どものことだけを指すのではなく、子どもを無くした親のことも言うのだと。娘が孤児になったのならば、その母も孤児になるしかない。私たち母娘は二人とも身無し子になったのだと。

三年前に私たち夫婦が看取ったのは、六十二歳から八十二歳の老婆になるまでずっと漂泊し続けた老いた孤児の魂だったのです。

それでもお義母さんは自分の死と引替えに、娘にもう一度だけ、家庭に戻るチャンスを作った。今生の別れに、二十年前に離別した夫婦と、離れ離れに生きてきた親子を立ち合わせ、あまつさえ和解させるなんて。そんな離れ技、神様ですら容易く出来ないのに。

「きっとおふくろは命がけで、姉貴をもう一度妻や母親に戻そうとしたんだな」

夫は母親の死を悼むたびに、よくそう言っていました。それなのに、母親の功徳と引替えに得た安住の場所を、またもや楓子さんはあっけなく放擲してしまった。

夫にはこれから、お義姉さんに対する心配や憂慮を分かちあう母親さえいないのです。雄太さんが帰った夜、仏壇の前で夫に「おまえも、この家を出て行きたいって思ったことがあるか」ときかれました。その時の夫の途方に暮れた目を、私は一生忘れることはないでしょう。

責めているのではありません。でもやっぱり私には楓子さんの本当の気持がわからない。安穏で、まっとうで、身に余るほどの豊かな生活をどうして、たった一年足らずで捨ててしまったのですか。どうしても我慢できないことがあったのでしょうか。

骨身を惜しまず努力を重ね、細心に守り続けていようと、脆く崩れて、消失の危機にさらされる。人間の一生というものはそんなものではないのですか。

私は楓子さんより一回り若い。まだ平均寿命の半分しか生きていないけれど、いつも死や老いや病みや、生活の破綻や、親しい人たちとの別れに脅えて暮らしています。お義姉さんは垣も、門も塀も、大きな家も嫌いだと言うけれど、それは人間がどれほど弱く、愚かで、脅えやすい脆い生き物であるかという証拠ではないでしょうか。私はそんな人間の弱さや脅えやすさが、我が身にひきつけて愛しくも、哀れでなりません。

楓子さんはそうしたものに背を向けて、なぜ平気で生きられるのですか。死ぬまで気儘に逃げ回って、逃げきれるとお考えなのでしょうか。いつかお義姉さんも老いて病み、ひとりぼっちで苦痛や嘆きに打ちひしがれる時がくる。軽々と自由で終わる人生なんてどこにもないのに。お義姉さんだってみんなわかっているからこそ、一度は捨てた家に戻る決心をしたはずです。それなのになぜまた家を出たのですか。どこへ行こうというのですか。

「おまえは一度も家を出ようと思ったことはないのか」と夫に尋ねられてから、私は外出して、家に戻るたびに、一時楓子さんになったかのように、この問いを自分に投げかけずにはいられないのです。

お母さんへ
五日前に久美子が女児を出産しました。命名は『茜』。ちょうど産声が聞こえた時、美しい朝焼けを見たのです。十月二十日。二千百グラムのお母さんの初孫です。アカネは羽の透き通った蜻蛉の名前。茜というきれいな林檎の名でもあるそうです。久美子の両親が長野からやってきて、嬉しそうに話してくれました。

毎朝産院に顔をだして、久美子と赤ん坊に会ってから出勤しています。久美子は痩せているのに、母乳がよくでて、母子共に健やかです。後三日ほどで退院ですが、男所帯ではゆっくり養生も出来ないので、とりあえず実家に帰ることになると思います。

「茜の泣き顔はお前が赤ん坊の時とそっくりだ」と父は言っています。僕の幼少時の写真は極端に少ないので、確かめてみることはできません。特にお母さんと一緒に写っている写真は全くといっていいほどありません。多分昔、父か祖父が処分してしまったのでしょう。

母親の存在は消してしまいたかったのに、僕が遠山の祖母の家に遊びに行くことは禁じなかった。なぜなのか、ずっと疑問でした。その疑問をあっけなく解いてくれたのは、当のお母さんでしたね。

「だって、あなたのお父さんは息子と会わせることで、私が改心して戻るとずっと信じていたのよ」

その話を聞くまで、僕は出奔したお母さんと遠山の祖母の家で会っていたことをすっかり忘れていたのです。もうひとりで電車に乗れるほどの年齢になっていたというのに、不思議なこともあるものです。

「私と会ったことを絶対中野の家に帰って、話したらだめよ。そんなことをしたら、雄ちゃんとは二度と会えなくなるから」

お母さんの言いつけを肝に銘じていた僕は、おつかいの子どもが買う物を復唱し続けるのとすっかり逆のことをしたに違いありません。家に帰るまでの二時間のうちに、お母さんのことを小さく小さく畳んで、目鼻も声もすっかり畳んで、ちょっとづつ余さず飲み干して、帰途に着いたのでしょう。そんな子どもの必死の試みが繰り返されて、遂には記憶そのものも抹消されてしまった。多分そういうことなのでしょう。

久美子と茜がいない間に、父と二人で家の中の引越しを決行しました。俺はもう年寄りだから、こんな広い居間はいらないと父が言い張ってきかなかったのです。片付けたお母さんの荷物は一纏めにして、遠山の家に送っておきました。

「今度出て行くようなことがあったら、もう二度と中野の家へは帰ってこれない。それだけは前もって言っておきます」

あんな酷いことをよく言ったものだと、自分でも呆れます。お母さんのこと、すっかり許したつもりでいたのに、やっぱり恨みが染み付いていたのでしょうね。結婚したら、絶対に二世帯住宅に改築したいと言い張ったのも僕です。こんな形で僕はお母さんを罰したつもりになっていたのかもしれません。

お母さんのいなくなった朝のことをよく覚えています。よく晴れた秋の日で、野っぱらを吹き渡ってきたような乾いた風が、カーテンを膨らませていた。寂しいような、さっぱりしたような、物足らないような、すっかり納得したような。疼いていた歯が抜けてしまったみたいな、とても不思議な気分がした。あれは僕が七歳の時、お母さんがいなくなった朝の光景だったのかな。

「楓子のフウは風化のふうだ。風葬のふう。自分の在り処を白分で消しながら生きていく女だ。俺はそう思うことにする」

お母さんの物を片付けた時に父は言いました。荷物はあっけないほど少なくて、ダンボール一箱にも満たなかった。二人で新聞紙を丸めて詰めて、それでも残った隙間を見て父が言ったのです。

お母さんも気が済んだんじゃないですか。寧ろ今度こそ、心おきなく出て行ったような気がしています。捨てるとか、裏切るとか、そんな大仰な仕業ではなく。ついっと寄って、ついっと横飛びに離れる蜻蛉みたいに。

思いどうりになったよ。もうこの家でお母さんを待っている人間は誰もいない。茜は、生後百三十五時間のあなたの孫は、祖母である遠山楓子の存在を全く知らずに成長していくことになるでしょう。

安子様

お母さんの形見の着物、たくさん送って下さってありがとう。おかげで住み込みの仲居にしては、ずいぶん上等な物を身につけています。特に母親の帯には助かっています。軽くて、締めやすくて、身体に馴染んで、まるでお母さんに着付けて貰ったみたい。適度に締まって、適度に緩く。暖かで、動きやすく、それでいて着崩れしない。先人の手仕事というのは大したものです。逆境や不幸にも打たれ強く、しなやかに身に添って、品高く。一昔前の女の美質がすべて織り込まれているみたい。ありがとう。大切にします。いっぱい締めて、丁寧に使います。どんな格式の家に嫁いでもいいようにと、身につけさせて貰ったお茶や華道や、仕舞いの稽古までがこの歳になって、役にたつとは思ってもみなかった。小さな旅館ですが、おかげで上等な客室係にさせてもらっています。流れ者の女でも、歳をとるとそれなりに潰しがきくものですね。

旅館というのは、一夜の家には違いないけれど、家庭とは正反対のものです。「いってらっしゃいませ」とか「おかえりなさいませ」なんて挨拶こそすれ、みんな一見に違いない。リピーターだって、常連だって、旅館で生活するわけじゃないのですから。

こういう場所が性に合ってるのね。気楽で変化があって、忙しい。真心も誠意も親切も一泊や二日の短い間。謝礼を受け取って、深々と礼をしてそれっさり。人と人の関係も距離も一定の形から出ないように気を配る。毎日伸び伸び働けるだけで、有難くも、尊い気がします。

先日、俳句を作る先生が宿にお泊りになって、「どこか観光案内に載っていないような良い景色の所があったら、案内して下さい」と頼まれたので、私が初めてこの地に来てから、毎日のように通っている大好きな場所にご案内しました。

「ここですか。仲居さんは変わった景勝地をご存知なんですね」って、先生は最初不思議そうな顔をされました。

「どこにでもある普通の野原です。草が繁って、木がざわめいて、ずっと先は崖で、道も無くなってしまうような場所ですけど。不思議なほどいい気持ちがして。ここにずっと、いつまでもいたい気がするんです」

そう説明してもなんとなく腑に落ちない顔をされているので、困ってしまって引き返そうとすると、急に名前を訊ねられました。

「楓の子と書いてふうこ、といいます。風来坊のフウ。ふうてんのふうです」

ちょうどその時、草原で生まれたばかりの風があちこちから吹き寄って、先生と私の間をさあーっと過ぎて行きました。

「なるほど。だから、きっとここが好きなんだな。こういう野末が」

のずえ。私には土地の名も知らないただの草原。無闇に草が丈高く繁って、所々に木が立っている。風と光があって、羽の透き通った蜻蛉がたまに飛んでくるだけの、広い野っぱらにしか見えないけれど、野末なんていう言葉がこの世にはあるのだと感心しました。

それにしても、言葉があるからには、きっとこういう場所が好きで、ずっと彷徨っているうちにやっぱりこんな所に行き着いてしまう人たちも、昔からいたに違いないのです。

安子さん、もう手紙も着物もお金も一切要りません。私のいる場所はいつも野末だから、住所もないと思って下さい。

山繭

「ねえ、彼女は幸福だったと思う」

秋暑しという言葉どうりの残暑である。それでなくても、五十過ぎの女が揃って、黒いツーピースの上着を脱いで剥き出しになった腕に、香典返しの紙袋を提げている格好は、傍から見たら随分と暑苦しい眺めであるに違いない。

「しあわせ、そんなことわからない。でも女の平均寿命って、八十五過ぎでしょ。あと三十年も残っているんだから、勿体ないんじゃないの」

「普通に考えれば、幸福に天寿をまっとうしたとは言えないわね」

「そもそも彼女の人生って、普通じゃなかったから」

ハンカチで首筋をぬぐいながら、一番太った女がこころもち声をひそめて言った。

「今どき離婚は珍しくないけど、同じ男と再婚して、また離婚して。三度目の結婚って、滅多にあることじゃないもの」

「彼女、学生時代から、変に几帳面で真面目なところがあったから」

答えた女も三年前に離婚したばかりだった。

「まじめねえ。彼女はそうでも相手の男は違うでしょ」

田舎の葬式らしくがさばった香典返しはけっこうな重さで、三人は何度も持ち手を代えては、その都度しとどな汗をぬぐい続けている。

「いやだ。上りの電車が来るまで四十分もある。どこか涼しい店でお茶でも飲もうよ」

「今どき単線なんて。すごい田舎よねえ」

駅員が丹精をしているらしく、人気のない駅舎を囲んで赤いカンナや、背の高いグラジオラスがさかんに咲いている。

「店って言うけど、喫茶店なんかあるのかしら」

「そうよねえ。タクシーが一台もない駅なんだもの」

三人のうちで最も高価そうなブラックパールの三点セットを身につけた太った女が、オーバーに顔をしかめた。

「遠い店まで行って、次の電車に乗り遅れでもしたら大変よ」

離婚した女は最近付き合い始めた男がいる。待ち合わせの時間までぎりぎりなので心が急いていた。

「缶ジュースでも呑みながらホームの待合室でお喋りしてれば、じきに電車がくるわよ」

自動販売機でめいめいの飲み物を買って、ホームの先にある待合室までやっとたどり着いた。

「香典返し重いから、お茶じゃなくて中身はきっと砂糖ね。こんなお返しって、いい迷惑だわ」

足元に置いた紙袋を足で寄せて、どっかりと腰をおろすとまた汗が噴出す。

「いやだ、蝉が死んでる。この待合室、網戸もないのね」

開け放たれた戸口からは蝉時雨と共に、山あいの駅らしい涼やかな風が流れ込んでくる。三人はめいめいの缶コーヒーを無言で飲んだ。

「旦那、泣いてたじゃない。きっと後悔の涙ね。さんざん苦労させたから」

太った女はお人良しな分、少し愚かだと他の二人は思っている。子どもが自立して、歳上の夫と二人暮しになって一層鈍くなったと、行きの電車の中で悪口を言いあった。

「ほんとに死んだの。ほんとに、ほんと。って電話口で泣くのよ。もううんざりしたわ」

死んだ女と最も親しかった背の高い女は黙っている。訃報を聞いた時も、弔いの席でも不思議と涙は流れなかった。そのかわり喉元まで、眦《まなじり》まで、訳のわからない怒りが込み上げて、何度も悲鳴をあげそうになった。

「泣いていたって、野辺送りから帰ってきたら、親戚の若い娘とけっこう楽しそうにお喋りしてたじゃないの。色目を使う寸前みたいな顔して」

男なんてそんなもんだ、というのが離婚した女の口癖だったが、恋人が出来てからぱったりと言わなくなった。

「どっちにしろたいした男じゃあないわよ。彼女が一生賭けるような相手じゃなかった」

「でも、三度も結婚したんだから、諦められなかったんでしょうね。きっと」

「どっちだって、いいじゃないの。死んじゃったんだから」

背の高い女は吐き出すように言って、煙草を取り出した。煙草をくわえたまま待合室の外に出て、線路の先や連なる山の稜線を見ていたらいつの間にか涙が溢れてきた。

「ばかじゃないの。苦労ばっかりして。辛い思いばっかりして」

煙草をくわえているから口に出しては言えない。心の中で同じ科白をもう何十回も言い続けている。

一度目の離婚も、二度目の離婚も男の浮気が原因だった。すべて許して受け入れた形で、三度目の結婚生活が始まった。後二年も一緒に暮していれば、また同じことを繰り返しただろう。繰り返される悲劇だか喜劇だかを断ち切ることが出来たのは、結局死以外にはなかったに違いない。

「だからって、自分が死ぬことはなかったのよ」

背の高い女の独白を繰り返すように、待合室では太った女がもの知り顔で喋っている。

「家も保険金もみんな男のものになるわけでしょ。全く死人貧乏とはよく言ったもんよ」

悲しみや嘆きよりそこはかとない怒りが底流しているような、陰気で寂しい葬式だったという思いが三人の胸に共通して流れていた。

「ほら見て、蟻の行列。やっぱり香典返しの中身は砂糖ね。こんなにたくさん砂糖なんか貰ってもしょうがないから、ここにばらまいて帰ろうかな。そしたら、蟻は砂糖の山の中で死んじゃうでしょうね」

忌々しそうな声で太った女が言うと、煙草を吸い終わって戻ってきた女が低い声で笑った。

「香典返しでそんな殺生すると、罰があたるわよ」

口ではそんな殊勝なことを言いながら、離婚した女は左足近くに列をなしている蟻のいくつかをわざと踏みつけた。

「暑いし、ちっとも電車はこないし。蟻やら蝉やら虫はいっぱいいるし。ほんと、こんな田舎でよく彼女は何十年も暮したわよ」

四人はこの駅の手前の町の高校を出たクラスメートだった。揃って都会の大学へ進み、卒業後死んだ女だけが家を継ぎに戻った。

「せめて子どもでもいればね。旦那なんかにみんな残さず、子どもに託して逝けたのに」

離婚した女には中学生になる娘がいる。娘が成人するまで再婚はしないと決めていた。

「子どもなんかいてもいなくても、おんなじよ」

背の高い女も死んだ女同様子どもがいない。二人が親しかった理由はそのことと関係があったのかもしれない。

「だけど考えてみれば、彼女らしい死に方だったのかもしれない。脳溢血で、意識が戻らないまま死んじゃうなんて」

「旦那が帰ってきたら、擂鉢の側で倒れていたんだって。きっと胡麻和えかなんか作るつもりでいたんでしょうね」

死の瞬間が速やかで確実だったことだけが、早過ぎる死をわずかに慰める要素だったと、三人は一様に思っていた。

「そう言えば、精進料理の中にいんげんの胡麻和えがあったわねえ」

太った女の暢気で的はずれな言葉に二人の女は返事もせず、めいめいが線路の左右を眺めた。

「あんなに彼岸花が咲いてる。そう言えば野辺送りの途中にもたくさんあったね。昔はこのあたりじゃあ、死人花って呼んで嫌ったけど。最近は刈ったりしないのね」

ちょうど一年前、背の高い女は故人に誘われて彼岸花の群落を見に行った。田圃の畦と言わず、土手といわず、林の下草まで一面の彼岸花で、「まるで火事みたい」と揃って立ち尽くしたことが思いだされた。

彼岸花の赤が瞼に点滅したかと思うと、再び涙がどっと溢れた。

一度堰を切ると、涙はいっさんに流れてやまなかった。顎が震え、肩が震え、嗚咽がいつまでも身体を絞るように続いた。生きているうちにもっと逢えばよかった。もっとたくさん話して、あちこち旅をして、同じものを食べて、隣に眠って、もっと一緒に笑えばよかった。

人気のないホームの先の小さな待合室に慟哭と嗚咽はしばらく続いた。やっと泣き終わった頃、電車が現れた。

たった一車両の電車はがらがらに空いていたから、三人は荷物を隣の席に降ろして、四人席を独占して座った。

「変わらないわね、この電車。のんびりしてて」

太った女が貰い泣きをした目をこすりながら、懐かしそうに言った。

「ほんと。がったん、がったんって感じも同じ。高校時代、よくこんなふうに座って、宿題をうつしたりした」

電車はゆっくりと山あいの線路を進む。窓すれすれに大きな胡桃の木が過ぎたと思うと、崖をおおう葛の花の匂いが車窓に流れこんだりした。

「たまに東京に出ても、最近じゃあ、帰りの電車が家に近づくと、わくわくするほど嬉しいの。変ねえ、五十年以上住んでいるのに」

故人になった女の言っていたことや、その時の表情などが車両の揺れに運ばれてくるように次々と脳裏をかすめる。

「彼女、それほど不幸じゃなかったと思うよ」

離婚した女がぽつりと言った時、ちょうど電車は川を渡っていた。

「あっ、川。彼女、川が大好きだったよね」

昔よりずっと痩せた川の岸には一面に荒地待宵草《あれちまちよいぐさ》が群れている。秋の初めの草が靡いて、水は白く光っている。

「ねえ、見て。窓に大きな蝶がはりついてる」

「蝶のはずないでしょ。これは蛾よ」

背の高い女は小学校の教師をしていたことがあるので、昆虫や植物には多少の知識をもっている。

「この大きな蛾はやままゆっていって、四回脱皮して、四回目に繭をつくる。丈夫で美しい絹ができるのよ」

「へええ。窓にはりついてるから飛べないのかな。ずっとこっちを見ているみたい」

電車が初秋の色を濃くした野を大きく迂回して、故人の家の近くを行き過ぎた時、蛾はふっと風にのって消えた。

「私、とうとう山繭にもなれなかった」

死んだ女の細い声を三人は確かに聞いた気がした。

夕立ち

玄関で帽子をかぶった格好を見ようとして振り返ったら、鏡の中に雨が降っていた。

「夕立だ」

帽子を脱いでから改めて外を眺め、折り畳み傘をバッグに入れようとした途端、急に心が折れた。

善良な優しい娘でいることに飽き飽きしていた。

「病院で寝たきりの人が夕立で濡れるわけじゃなし」

口に出して言ってからも、まだ靴を脱ぐ気にはなれない。毎日の日課を変えたり、中止したりするのが怖かった。

「いつの間にか夏ね。私が寝たきりになってから二度目の夏」

伯母さんは言うに違いない。病人らしくない澄み切った声で。稲妻が光っても、雷が鳴っても、静かに微笑んでいるだけの青白い顔。立つことも、逃げることもできないのに、カメオに彫られた貴婦人みたいにいつも落ち着いている朱鷺子伯母さん。

私は湿気でぺたぺたする廊下を引き返し、まっすぐ仏間に向かった。今朝あげた線香の香が部屋中に残っていた。

「お母さん。夕立よ。だから私、今日は朱鷺子伯母さんの見舞いに行くのは止めたの」

宣言したもののまだ迷っている。小さな罪の意識が汗にまみれた襟のあたりでちくちくする。自分のわがままを、子どもっぽいヒステリーを母に認めてもらいたいのだ。

「本当は夕立のせいじゃないの。行きたくないから。それだけ。ダメ？ だって、行きたくないんだもの。昨日もおとついも行きたくなかった。明日も明後日も、もうずーっと、永遠に行きたくない。ダメ？」

スカートの裾をずりながら仏壇に近づいて喋り続けた。三つの位牌。おばあちゃんと、お母さんと、たった六歳で死んだ弟の位牌に向かって。手も合わせず、頭も下げず。告げ口をする卑怯な子どもが開き直るように喋った。

「死んじゃった人が一番損かもしれないけど。生き残った人間が得をするってわけでもない。私なんか、誰も大切にしてくれないし、守ってもくれないいんだよ。どうしてお母さんは伯母さんを乗せて居眠り運転なんかしたの。起きてしまったことを今さら言っても仕方ないけど」

責めても、愚痴ってもちっとも心は晴れなかった。ずっと素直ぶって、体裁ばっかり気にして生きてきたので、本音を地声で喋っていても、すべてが上調子で嘘っぽかった。

「ごめんね、美里。毎日病院通いさせて。あら、髪の毛がびしょ濡れ。夏風邪をひくわよ。こんな日は来なくていいのに。一日来ないからって、私の様子が変わるわけじゃないんだから」

寝たきりのくせにスポーツ選手のように白い歯をみせて、伯母さんは健気に言うだろう。せめて伯母さんが自分勝手で、年寄りのわからず屋で、すっかり老けて骨と皮だけに痩せて、近づくと厭な匂いなんかしていたら、私はもっと自分に素直に、自然に振る舞えるのに、と時々思う。

ベッドから出られない一年半の月日が伯母さんをプロ並の演技者にした。どんな仮面もぴったりと顔に張り付いて、表情やしぐさが歪んだり、不用意に生地が露わになったりはしない。だから伯母さんはどんどん気高く優しくなっていき、私はますます意固地で強情で嘘つきで、見苦しくなる。

「でもいいよね、お母さん。私はまだ三十四歳なんだから」

伯母さんだって三十四歳の頃は軽率で自分勝手で、わがまま放題だったとお母さんが言っていた。恋愛をするたびにダイエットをして、失恋するとやけ食いを繰り返して。教師としては立派だけど、家事や料理は全く苦手だったと話していた。

なあんて、みんな嘘？　嘘かもしれないね。お母さんはずーっと七歳年下の伯母さんに劣等感を持っていたから。

仏間の黄ばんだ障子を開けると、おばあちゃんの好きだった沙羅の木に雨粒が一杯溜っていた。涙みたい。おばあちゃんが生きていて、弟もお母さんも元気だった頃が一番幸福だった。母子家庭だったけど、おばあちゃんが一家の主として私たちを守り、可愛がってくれた。おばあちゃんが死んでから、いいことはあまりなかったけど、それでも私は普通に成長して、結婚して、自分の人生を生きていくのだと信じて疑わなかった。

私って、やっぱり昔から頭がよくなくて、鈍いのかもしれない。ものぐさで考えなしで、向上心ってものがない。一人になった今だって、仕事もしないで、介護もさぼって、毎日だらだら病院へ行って過ごしてるだけで、将来のことを考えようともしない。これって、事故で半身不随になった寝たきりの伯母さんに依存しているのと、同じだもの。

親の家に住んで、親の保険金を食いつぶしている、恋人もいない無力な独身女。それが私、山口美里。幼稚園からずっと、先生も友達も誰もミサトと呼ばずに、ミリって言ってた。中学に入ってからは、「一ミリのミリ」って陰で笑ってた。

雨の音が激しくなった。カーテンの隙間から湿った風が吹き込んでくる。関東では、昨日梅雨入りになったとテレビで言っていた。入梅の始まり。梅雨が明けたら、二度目のひとりぼっちの夏がやってくる。

「若かった頃、当時付き合っていた彼と伊豆の方にある紫陽花山に行ったことがある。道沿いとか、庭一面なんてレベルじゃないのよ。紫陽花の大きな花が、湧いたみたいに山一面覆っている。それでなくても紫陽花っていうのは、青や白やピンクの小さな花が集まって毬みたいに盛り上がっているわけだし。最初はきれいとか、凄いとか思ったけど、紫陽花しか見るものがないなんて、だんだん気持ち悪くなっちゃってね」

毎日見舞いに通うものの、たいしてやることのない私を気遣って、伯母さんは色々な話をしてくれる。でも私は脳が疲れるほどの紫陽花を見たこともないし、花を見に連れていってくれる恋人もいない。伯母さんの話を聞いていると、私の方が不治の病で、伯母さんが私を労わってくれているような気分になる。

「わたし、伯母さんが嫌いになったとか、見舞いに行くのが面倒臭いとか思ってるわけじゃないんだよ、おばあちゃん」

祖母は未婚のまま子どもを育てている母や、男親のいない私を不憫に思って、ずいぶん優しく接してくれたけれど、おばあちゃんが一番大切だったのは、やはり朱鷺子伯母さんだったのだと思う。女の教頭先生だったおばあちゃんの後をついで、高校の先生になった伯母さん。活発で美人で、男の人にもてて、それでも結婚話が持ち上がるたびに、上手に逃げていた結婚嫌いの伯母さん。五十歳をすぎても、まだ若々しくてばりばり働いていた伯母さんがベッドに寝たきりになるなんて。愛娘のそんな姿を見る前におばあちゃんが死んだことだけが、不幸中の幸いだったのかもしれない。

弟はみんなに可愛がられて、生きていく意味も価値も充分あったのに、年寄りみたいに癌になって死んだ。その日からお母さんが、一時も早く息子に再会するために死にたいと思っていたことを知っている。念願は叶ったけど、おばあちゃんの一番大切にしていた伯母さんの人生を台無しにしてしまった。そんなに大事でもなかった私のために、一生暮らしていけそうな保険金と家を残して。

人生って、公平なんだか、不公平なんだかわからない。どんなに努力して一生懸命生きても、理由もなく突然全部取り上げられてしまう。怠けていても、ぼんやりしていても、一ミリづつしか進まなくても、全力疾走していても、その先にあるのは、おんなじ死という水平線。

きっと神様って、人間のそれぞれの価値や、人生の内容なんかに全然興味がないのだ。永遠しか知らないから、命の短さも長さも計れない。みんな無視して、へっちゃら。究極の無関心、それが神様。

「ごめんね、美里。私が死んで、お姉さんが無事の方がおまえにはどんなに幸福だったか知れないのに」

伯母さんは生き残った自分が一生ベッドで過ごさなければならないと判る前には、よくそう言って私に謝った。どんな仮面もつけない素地のままで、涙をぼろぼろこぼした。私も孤児になった自分が可哀そうで、死んだ人も生き残った人も可哀そうで、一緒に泣いた。

霧雨の降る夕方、スリップして、ダイビングして、運命が転覆したあの日から、ずいぶん時間が経った。伯母さんは今は誰に謝ることもないし、涙を不用意にこぼしたりしない。

神様のやり方も運命の仕組もみんなわかってしまったかのように落ち着きはらっている。

「山口さん」

梅雨の晴れ間の凪に消毒の匂いの混じる病院の廊下で、看護主任の牧田さんに呼び止められた。

「ご家族や、病人のお身内の方に余りさしでがましいことは、申し上げにくいんですけど。私の個人的なおつきあいの立場で、ちょっとお話を」

牧田さんは伯母の教え子で、卒業してからもずっと伯母さんの崇拝者なのだという。

「係の看護師から連絡を受けたんですけど、朱鷺子先生、最近食事の量がひどく減ってきているらしいの。ご存じでした?」

トウゼン、ゴゾンジジャ、ナイデショ。という顔つきで牧田さんは外来のロビーの柱に私を押し込むように太った体を近づけた。

「ご家族の内情にまで口をはさむのは職権を超えていますけど。あのう、毎日の面会を夕食が済むまで延長するわけにはまいりません?」

敬語と疑問符の形は崩さないけれど、牧田さんの口調にはこっちが拒んだり、避けたりできないような押しつけがましさと断定が透けている。この自信と貫禄と脂肪に充満した人が同年輩だと思うだけで、私の心は委縮する。

「すいません、ちっとも気がつかなくて。あのう、いつ頃からですか。伯母さんが食べなくなったのは」

「あら、わたし、食べなくなったって申し上げてるんじゃないですよ。ここに入院している患者さんの絶食を見逃すなんてことは絶対致しませんから。ただ、よく注意していると、気づくってことなんです。先生、体重が減って、眠っている時間が増えられましたよ」

マッタク、ナニモキズカナイ、ボンヤリ。と言うように私のことをじろりと見た。

「体重表、そのうちご覧にいれます。それから、面会時間の件、何分にも朱鷺子先生にはさりげなくお願いしますね」

院内ブザーの鳴っているポケットを探りながら慌ただしく去っていく後ろ姿を見送ったら、どっと疲れた。電車とバスを乗り継いでここまで来るのは、今日のように暑い日は正直言ってかなりだるい。

持ってきた荷物を窓際のベンチに置いて、汗をぬぐいながら庭を眺めた。手入れのされた芝生の上に樹木の涼しげな影が伸び、黄花コスモスに彩られた花壇の周りを白い制服を着た看護師が慌ただしく歩き去っていく。

忙しそうだったり、目的がありそうな人はどうしてあんな風に、あらゆる風景の中で生き生きと、目に痛いほど鮮やかに見えるのだろう。

「美里、何かあったの。誰かに何か言われたの」

ずいぶん心を落ちつけてから病室に入ったつもりだったのに、伯母さんにたやすく見破られてしまった。まるで同じ所にずっといるだけなのに、自分の前に立つ人が今まで何をしてきたか見抜く占い師のように、伯母さんの観察眼は鋭い。長い睡眠と膨大な一人の時間が朱鷺子伯母さんの元来持っていた勘を一層鋭く磨くのかもしれない。

「ううん。なんにも。眠いだけだよ。外があんまり暑いから」

牧田さんに言われたのでよくよく見ると、確かに伯母さんの顎はちょっと尖って、頬がげっそりしているように見える。それでもいつものように眉をうっすら描き、唇には品のいい色のリップクリームを塗っている。

「伯母さんこそ、痩せたみたいだけど」

「ベッドに寝たきりでも夏痩せはするのよ。昔からそういうたちだから。ほら、おばあちゃんもそうだったじゃない。特に死ぬ何年か前はひどくって、起きていても、寝ていてもしんどそうで」

よく覚えているから、頷くしかなかった。シヌマエ、という言葉は気になったけれど、伯母さんの口調はただ思い出話をしているようにさりげなかった。

「記録的な暑い夏で。梅雨が短くて、残暑が長くて。とうとうお母さんは持ちこたえられなかった」

「うん。もうずっと昔。九月二十日の朝」

「私は死に目には会えなかった。まだ蝉がこんなに鳴いてるって思って、玄関まで走っていくと、蝉じゃなくて、お姉さんと美里の泣き声だったの」

その日は日曜日だったのに、伯母さんはマンションにも学校にもいなかった。当時は携帯電話もなかったから、お母さんは電話と玄関の間を往復しては泣いていた。

「身体が弱ってたのはわかってたけど、あんなに急に死ぬなんて思わなかったから、夕方、少し涼しくなってから見舞いに行くつもりでいたのに。お母さん、待っててくれなかった。死ぬ人って、生きている人を待たないもんだね」

ただの世間話をするみたいに伯母さんが一人で喋っている間に、私は萎れた花を捨て、着替えを畳んで入れたり、洗濯物をまとめたりしている。伯母さんに来た手紙を分けて、頼まれていた本や雑誌をベッドの周囲に配置する。髪の毛のついた枕カバーを取り換え、サイドテーブルを拭いたりする。私の介護兼見舞いなんて、通いのパートでもできる簡単でごく表面的なものに過ぎない。

「朝、雷が鳴ってたでしょ。結局降りださずに行ってしまったみたいだけど」

「知らない。うちの方は鳴らなかったよ」

「看護師さんも知らなかったから、私の幻聴だったのかな。最近よくあるのよ、こういうこと」

雷は行ってしまわずに、まだ病院の周囲に潜伏しているのかもしれない。私は給湯室に行きながら、一点の雲もない夏の空をもう一度見上げた。

「お母さんまだ若いのに、お気の毒ねえ。脊椎の損傷って、リハビリもできないんでしょ」

ポットに湯を入れていると、向かいの病室にいる有本さんというおばさんに声をかけられた。

「だけどお母さん、きれいな声で。歌がお上手なのね」

「歌ですか」

ポットの蓋を力一杯回しながら、一つのことだけを問い返した。私と伯母さんの関係を母娘だと思いこんでいる人は多い。いちいち勘違いを正す気を私はとっくに失くしている。

「いとしのソレンツァ、とかなんとかって歌。昔、越路吹雪が歌ってたじゃないの。そう言えば、お母さん、ちょっと顔が似ている気がする。だから愛唱歌なのかしら」

「ええ、まあ」

私は頷くような、謝るような曖昧な会釈を返してポットを抱えて歩きだした。伯母さんが一人で歌を歌うなんて考えられなかった。

「昨日の夜、教え子が五人来て、お見舞いにチョコレートの箱をくれたの。私は食べないから、美里、持ってかえって」

紫と金の包装紙に包まれたチョコレートの箱は小さなペットくらいの大きさだった。

「伯母さんも少しは食べればいいのに。ここのチョコ、すごく高いんだよ。きっと美味しいと思う」

「どんなに美味しくても、豪華でも、チョコレートって寝たきりの病人が食べるもんじゃないよ」

伯母さんは少し苛立った声で言ったけれど、私が箱の蓋をあけると、砂糖の花で飾られたり、木の実をあしらったりしているチョコレートを覗き込んでしばらく見ていた。

「黒くて飾りのないビターとピスタチオと、オレンジピールをコーティングしてあるのを、少し置いていって。見舞いに来た人に食べてもらうから」

「トリュフは。伯母さん、以前はシャンパンの入ったトリュフが一番美味しいって言ってたじゃない」

首を振った時、伯母さんの首に新しい皺の線が増えているのを発見した。やっぱり牧田さんの言うとうりだ。

「おばあちゃんの命日の九月二十日って、お彼岸の三日前ね」

伯母さんは以前にカレンダーが張ってあった壁の方に顔をそらして、急に話題を変えた。

「後、三ヵ月。その間に何回くらい夕立がくるかしら」


バスを降りて、電車に乗換えてもまだ暗くならない。どんどん日が長くなって、夜が短くなる。長すぎる夕暮れのために、マーケットで買い物をする時、つい籠の中にビールをいれる習慣がついてしまった。自己嫌悪と自己憐憫。酔いはこの二つを上手に混ぜ合わせる。

私が三十歳になった時、そう教えてくれたのは伯母さんだった。

「二十代の美里はまだ子ども。三十歳から大人の哀しさが始まるから、お酒くらい飲めたほうがいい」

おばあちゃんもお母さんもお酒なんか全然飲めなかったから、アルコール類をストックしておく習慣が家にはない。

おにぎりとパックのサラダと唐揚げとビールの缶。まるで独身のおじさん並だと思いながら、さっさとレジを済ませ、エスカレーターを昇ってきたら、マーケットの入り口に人だかりがしていた。何ごとが起こったのだろうと、人をかき分けて出ようとしたら、すごい勢いで雨が降っていた。

「今日は夕立がくるって天気予報は言ってなかったのに。まったく」

雨に向っておばさんが大きな声で不平を言うと、まわりの人が頷いたり笑ったりした。人だかりをかきわけて、傘を広げて出て行く人も、持ち合わせのもので頭をおおって走りだす人もみるみる黒く濡れていく。

「お彼岸まで、あと何回くらい夕立がくるかしら」

伯母さんも今頃病院の窓を眺めて思っているだろうか。

「二回目」

心の中で呟いた途端に、空がびりっと破れるほど稲光がした。金色の閃光が私めがけて飛びかかってきたかと思うと、夕立と伯母さんの死が頭の中でスパークして、合体した。

怖くて怖くて、じっとしていられなくなって、いきなり雨の中を駈けだしてしまった。私の突然の猛ダッシュに驚いた人が「すっげえー」と声をあげる。ちっともすごくなんかない。夕立なんて、たんなる勢いのいい雨じゃあないか。濡れたからって、痛いわけでも、どこかが壊れるわけでもない。

汗と雨で頭も肩もぐしょぬれになっても、意地を張るように駆け続けた。マーケットのレジ袋がごつごつ私の身体にぶつかり、雨が額から耳まで伝ってくる。興奮と暑さで、目から無闇に涙が流れた。

びしょ濡れになり、息を弾ませて家に着くと、部屋の中が変に明るい。壁も床もみんな砂でできているみたい鈍色に光っている。まるで知らない家の、初めて見る部屋みたい。

「夕立が跨いでいくような家ってあるのよ。ずっと以前、大金持ちの親をもつ生徒がいてね。夏休みに海辺の別荘に招かれたことがあるの」

冷房の効いた病室で、伯母さんがいつか話してくれたことを思い出した。

「観光地とか、別荘地じゃないのよ。過疎の海辺って感じの中にぽつんとあるの。コンクリートの巨大な箱みたい。庭樹も門もない真白な家。ゲストルームを左右に配した中央に室内プールがあって、電動で屋根が開くようになっている。ガラスの仕切りを隔てて、プールとほぼ同じ大きさの檜風呂があり、浜辺に突き出した窓の向こうには海が広がってるの。つまり人口的な青い水と、暖かい湯、その向こうは寄せて返す波。客は気分に応じて、湯に浸かったり、プールで浮いたり、海に泳ぎに行ったりするわけ」

伯母さんはいつだって何の前振りもなく、突然話し出す。私は話が始まると、折り畳み椅子に座って、ぼんやりと伯母さんの声に耳をすます。

「夜、酔狂な客が星を見るために、プールの屋根を開けたりすると、翌朝は虫や蛾の死骸が一杯浮いてて。通いの家政婦さんが、それを毎日すくってた。虫や蛾にとって、闇の中に出現した巨大な水たまりなんて、光の湖か天国みたいな場所に見えるのね、きっと」

「どのくらい別荘に泊ってたの。何人くらいで行ったの」

「男が二人。女が三人。子どもが一人。十日くらい居たかな」

「伯母さん、泳げるの。お母さんは金槌だったけど」

「一生懸命泳ぐのは好きじゃない。でも浮いているっていい気持ちよ」

私には海の思い出なんか全然ないから、それ以上質問することもできない。泳ぐことと、浮いていることの楽しさの相違もわからない。

「別荘にいた時、昼寝から起きて散歩に出たら、夕立がきたの。勿論雨宿りする場所もないし、携帯はもってなくて、ひどい目にあった。びしょぬれで帰り着いたら、プールとお風呂と、波飛沫をあげる海が見えてね。どこを向いても水ばっかりの家にいるのがふいに嫌になって、次の日、一人で帰った」

人はどうして思い出話をするのだろう。ただ取り出して、一緒に眺めるため。あるいは忘れてしまわないうちに、誰かに受け取ってもらいたいから。私は伯母さんがベッドで寝たきりになってから、ずいぶんたくさんの話を聞かされてきた。ある時、ふいに伯母さんの頭に、真夜中のプールめがけて飛んでくる虫や蛾のように、記憶が飛び込んでくるのだろうか。だとしたら私は翌朝、水に浮いている死骸をあきもせず掬い上げている通いの家政婦みたいだ。

夕立も跨いで過ぎるような水だらけの大きな別荘を頭に思い浮かべながら、私は唐揚げをつまみにして、ビールを飲む。伯母さんの過ごしてきたいくつもの夏が、ビールの泡のようなスコールになって、私の喉を通過していく。

梅雨はまだまだ明けそうにない。本当の夏がこないうちから、台風に似た風が吹いたり、夕立のように突然激しい雨が一日置きくらいに降る。折り畳み傘をバッグに入れて病院に行き、帰りはいつも傘も自分も濡れて帰ってくる。

「また夕立がくるみたい。本降りにならないうちに帰った方がいい」

伯母さんは私が夕食の時間まで帰宅時間を引き延ばしていると、急かすように私に言う。何度か同じことが繰り返されて、いくら鈍感な私でも、伯母さんが夕食の時間までに私を追いだしたいのだと気づいた。

今日はまだ空が暗くならないうちから、いきなりすごい大雨になった。

「ほら、美里がぐずぐずしてるから、降ってきたじゃないの」

伯母さんの声は珍しく尖っていた。こんなふうに少し苛立った声をあげると、伯母さんとお母さんが姉妹だったのだと改めて思い出す。お母さんもよく似た声で私を叱ったり、責めたりした。

「いいよ。雨が止むまでここにいるから。帰っても途中で濡れるのはイヤだもの」

伯母さんは最近夕方になると少し浮腫んでくる顔を窓に向けて、恨むような、何かを諦めるような表情を浮かべた。

六時を過ぎても雨は激しさを増すばかりで、一向に止む気配がなかった。私たちは黙って、夕方のニュースを観た。テレビの中ではどのニュースも、あり得ない事件や、思ってもみなかった事実が暴露されたように大騒ぎするけれど、半身不随の病人と独身で無職の女にとって現実味も新しさもない。テレビを見る側はいつだって傍観者。被害者でも、加害者でもない。たった一度、居眠り運転をしたお母さんが加害者で死に、被害者だった伯母さんが生き残った、あの事件を除けば。

初めて事故を知らされた時、私は二人とも死んだに違いないと思った。病院に駆けつけると、迎えてくれた男の人が「お母さんは重傷ですが、命に別状はない」と告げた。そしてまもなく手術室から出てきた医師が「残念ですが、お母さんは即死状態でした」と頭を下げて言った。

「どっちですか。死んだのは、お母さんなの、伯母さんなの」

私がそう聞いたのは間が抜けるほど後だったような気がする。ショックが私の頭を二往復して、伯母さんとお母さんを殺したり、生き返らせたりした。運命が音もなくすりかわって、私の人生を二度轢いた。

ニュースが終わっても雨は止まずに、時間どうりに夕食が運ばれてきた。ポテトサラダを少しと煮魚を半分。ホウレンソウのおひたしだけを食べ、伯母さんは味噌汁とご飯にはほとんど手をつけなかった。

「たったこれだけしか食べないなんて。お腹がすかないの」

私は膳をさげる時に、思わず非難する口調で言った。

「すかない。だって、もう眠るだけだもの」

食べ終わると子どもが何かをさぼる時のように背中をベッドに倒して、そっぽをむいた。伯母さんが私を早く帰したかったのは、みすぼらしい食事と、細くなった食欲を見せないためだったのだろうかと疑いながら、食後のお茶を貰うために病室を出た。

雨からずいぶん遅れて稲光が始まっていた。今週はもう三回目の夕立。

おばあちゃんが死んだ夏も夕立が多かった。日頃はお喋りでないおばあちゃんが、夕立がくると、賑やかな客がきたかのように興奮して、少しだけお喋りになった。

「娘を二人産むと、おかしなもんだね。露子は青くなって震えて怖がり、朱鷺子はわくわくするらしくて、はしゃぎだす」

「おばあちゃんはどっち」

当時高校生だった私は暑くてたまらなくなると、クーラーがある唯一の部屋だったおばあちゃんの寝室によく避難した。
「昔は今よりよっぽど大きな雷様が来て、あちこちに落ちて人が死んだり、家が焼けたりしたから怖かったけど。今は平気。蒸し暑い夕方にごろごろぴかぴか空が豪勢に光って、雨が降った後、澄んだ空に夕星が光っていたりすると、きれいだなあーって思う。夕立は神様の大掃除か、派手なお告げみたいなもんだよ」
おばあちゃんの言っていた神様の大掃除はまだ終わりそうもない。稲光はあっちこっちでお告げだか、呪いを派手に繰り出し続け、雨と風が大暴れしている。
〈恋しいソレンツァーラ[※1]　今も聞こえる
あなたを知った
夜の浜辺の　なつかしい歌〉
お茶のポットを持ったまま、私は病室をもう少しで通り過ぎてしまうところだった。
歌声は確かに伯母さんの部屋から漏れてくる。雨の音に時々遮られながら、それでも澄んだ声は生き生きと、晴れやかに聞こえた。
〈あの夜ふたりに　恋がめばえて
変わらぬ誓い　砂にきざんだ　想い出の夜
ああ　ソレンツァーラ　光に輝く

※1　SOLENZARA
MARFISI DOMINIQUE / BALDASSARI GABRIELLE CHARLOTTE / OLIVIERI PHILIPPE

ああ　ソレンツァーラ　恋の浜辺〉

夕立の後の澄み切った夜空に画鋲みたいな星がばらまかれている。伯母さんが歌っていた声がまだ聞こえているような気がして、私はビールを飲みながらしばらく庭で空を眺めていた。雨の匂いが湿った土と庭の木の間から立ち上ってくる。

〈ああ、ソレンツァーラ　光に輝く〉

私は酔っぱらいのような節をつけて、すぐ覚えてしまった箇所だけを繰り返し歌った。

〈ああ、ソレンツァーラ　恋の浜辺

今も恋しい　ソレンツァーラ〉

何度も歌っているうちに、この歌だけが伯母さんの胸の中にある本当の物語だという気がしてくる。三十五年前、一体お母さんは誰と恋愛をして、私と弟を生んだのだろう。そのことと、伯母さんが結婚しなかったことと何か関係があるのだろうか。伯母さんの恋もお母さんの恋もなぜ終ってしまったのだろう。

二缶目のビールが、自己嫌悪と自己憐憫の他に、せつないような憧れと、秘密のときめきまで一緒に混ぜ合わせ泡立てていく。

翌日はもう真夏だった。あまり暑くて目が覚めて、まだ寝ぼけたままエアコンのスイッチを入れた。「ったくもう、朝っぱらから」というように唸りだしたクーラーの冷風に頭を突っ込むようにして、また少し眠った。

真夏第一日目は、まず溜まっている洗濯をすることにした。

「朱鷺ちゃんたら、まるで地方巡業ばっかりしてる売れない芸人か、添乗員みたいにたくさんパジャマやネグリジェを持っているのよ。学校の先生にはとても見えないような、派手だったり、子どもっぽいものばっかり。きっと、普段着が寝巻なのね」

お母さんの声が聞こえてくる庭の片隅で、埃だらけの物干しを広げ、ありったけのハンガーを吊るした。簡易物置の中には、弟の使った自転車や野球の道具やヘルメットやスケート靴などが雑然と保管されている。おばあちゃんに「もういい加減始末しなさい」と怒られるたびに、お母さんがこっそり持ち込んでいたのを私は知っている。弟が死んでからしばらくは、この物置を開けるたびに、お母さんが首つりをして死んでいるような気がして、怖くてたまらなかった。

私は洗濯物を次々と広げて、あちこちに干して回った。キャンプか公園で暮らしている人みたいに。桃の木と石榴の木の間に紐をわたし、ハンガーにかけたり、洗濯バサミで止めたりした。二時間以上洗濯を繰り返し、その間にあの歌を何度も口ずさんだ。

〈ああ　ソレンツァーラ　光に輝く
ああ　ソレンツァーラ　恋の浜辺〉

その歌はいつの間にか、私の頭の中にたった一つの思い出みたいに定着してしまった。洗濯物を干し終り、ささやかな達成感に包まれると、ビールが飲みたくなる。風が庭中に吹き渡り、病院から持ち帰ったパジャマやナイトウェアーがそれぞれの場所で翻っている。ビールの缶を持ったまま、旅芸人みたいだった伯母さんに似た影が、日向の土の上にくっきりとしたシルエットを浮かび上がらせているのをしばらく見ていた。

夏が本格的に姿を現すと、伯母さんの中に隠れていた衰弱の兆しは益々くっきりしてきた。点滴が増え、食事は減り、伯母さんは私がいる時でもよく眠った。何か言おうとして、声がかすれたり、時々喉が詰まったり、せき込んだりする。微熱のせいで、病室には薬と病人の匂いが籠り始めていた。

伯母さんは老けたけれど、それでもときおり以前のように元気に喋り出すことがあった。

「ねえ、美里、死んだ人がどういう所に行くか、考えたことがある? 地獄とか天国じゃあない。案外近い所にいるのよ。私たちが普段住んでいる場所からは遠いけど。でも見ようと思えば見ることができるの」

もとはどれほど明晰でも、長い微熱で頭が朦朧としてくることもあるのかもしれないと、私はちょっと心配になった。

「死んだ人ってね、暗い地底や深い闇の中にいるわけじゃないのよ。死者っていうのは、この世で一番明るい場所にいるの。空の上。光が一杯で、生者の視線が滅多に届かないほど高い場所。いってみれば至高所。アバトーンね」

夏の空は輝いて、病院の窓を青く切り取っている。白い雲に縁どりされた空を見上げていると、病室が深い井戸の底にある気がしてくる。ここから逃れたいために、伯母さんは死に憧れているのかもしれない。

「でも死者に会うためには、死ななきゃならないでしょ？」

「ううん。だって私、会ったもの。飛行機で沖縄に行った時。グアムから帰ってくる時も」

伯母さんはお母さんより頭が良くて、迷信や心霊現象などとは無縁なのだと思いこんでいた。お母さんはいつも伯母さんのことを「あんなに現実的で、ロマンチックなところが全くない女はいない」と言っていたから。

「飛行機に乗れば、死んだ人に会えるなんて話、聞いたことがないよ。天国は空の上。死ねば誰でも、星になるなんて、今じゃあ小学生だって信じていないもの」

伯母さんは私を「可哀そうだけど、あんたはやっぱり頭がよくないね」みたいな顔をしてちらっと見た。

「私も最初は驚いた。でもほんとのことよ。飛行機の窓の隅に光の尾っぽみたいなのがちらちら見えて、それが追い付いてきたの。ふわふわした雲のかけらをかき分け、虹色に光る腕が懐かしそうに振られて。名前を呼んで見つめたら、嬉しそうに頷いたの。すぐには別れがたいらしくて、ちょっとだけ飛行機についてきた。にこにこしながら、上機嫌で。まばゆい光の泡やシャボン玉みたいなものにつつまれて、楽しくて、しあわせそうで。とっても満ち足りた様子だった。ああ、私に会えて喜んでいるんだって、よくわかった」

「それは私の知ってる人だったの。おばあちゃん。もしかしたら、とっくに死んだおじいちゃん。まさか、真人じゃないでしょ」

伯母さんは目をつむっていて、何も答えなかった。皺の目立ってきた口元を少し緩めて、笑っているような、夢見ているような顔をしている。

「出会ったのは一人だけど、きっとみんな、いるのよ。そうじゃなかったら、あんなに楽しそうなはずないもの。だから、死んでも、いなくなったりしないのよ、誰も」

伯母さんは死ぬのが怖くなくなったから、こんな話をするのだろうか。それとも他の話のように、ただ私を労わるために話しているのだろうか。

「私もいける、いつかそこへ」

バカみたいな質問をしてしまった。

「もちろん。だけど、生きている人に与えられた猶予っていうのは、いつまで、どのくらい与えられるものなのか、誰にもわからないのよ」

猶予っていうのはどういうことなのだろう。伯母さんは病室でいくつくらい夕立を見送って、それを知ったのだろう。テレビでは今日もまた気象予報士が猛暑日だと告げている。八月もじきに終わるというのに延々と続く暑さには、本当にうんざり。伯母さんの病室の窓に張り付いている鋭い青の一片に、毎日追いつめられている気がする。

最近では伯母さんは息をするのも苦しそうで、眠っていても、痙攣かと思うほど呼吸が乱れることすらあった。話の回数は減って、病室にはいつのまにか重苦しい緊張感が居座っていた。

「やっと夕立がくるみたい。空の遠くで音がしない？」

珍しく伯母さんがぽっかり目を開けて、静かに喋りだした。

「美里は知らないでしょうけど。雷って、長いこと神様だと思われていたのよ。はたた神。それが夕立のもうひとつの名前。は、た、た、かみ」

「なんだか、忙しそうな名前ね。神様なのに」

「そうなの。この神様はすごく急いでいるの。美里も知ってるでしょ。思いもかけないことが、急に起きた時の晴天の霹靂って言葉。その霹靂って字を書いて、は、た、た、って読ませるの。は、た、た。猶予もなくやってきて雷鳴が轟き、激しい雨が地上を水浸しにする。川を溢れさせたり、大木を真っ二つにしたりするのよ」

猶予もなくやってくる霹靂神。喋るだけ喋って、眠ってしまったらしい伯母さんと二人っきりでいることが居たたまれなくなって、外へ出ようとしたら、ドアの前に牧田看護師が立っていた。

「朱鷺子先生に会わせたい人がいたら、れ、連絡をとって下さい。なるべく早く会いにくるようにって、つ、伝えて下さい。早く。話せるうちに。お、思い出せるうちに」

牧田さんは落ち着かない声で、突っかかるように私に言った。

「どういう意味ですか。なんでそんなこと言うの。お医者さんでもないあなたが」

いくら私が無力で役にたたないからといって、赤の他人にそんなことを指図される覚えはない。

「医師にはわからなくても、検査に異常はなくても、看護師にわかることもあるんです。それに、私はどんな医者よりも朱鷺子先生のことをよく知っていますから」

「毎日見舞いにきている私より？　家族以上に伯母さんが会いたい人がいるんですか？」

暑さと無力感と、わけのわからない怒りが油蝉のように胸に取りついてジージーいう。胸に巨大なゼンマイが仕掛けられて、それが否応なく巻き戻されてゆく。止めようがない。ブレーキを踏みそこなったお母さんのように、私はスローモーションで伯母さんの命がジージー、ゼーゼー音をさせ、やがてジュッと消えるのを見届けなければならないのか。

「会えば、先生はきっと喜ぶ。ま、待っているはずです。家族じゃなくっても、か、家族はいるんです」

いつも落ち着いていて、自信たっぷりの看護主任にしては、呆れるほど訳のわからないことを平気でいう。

「何、言ってるの。家族なんて、みんな死んだのに」

年寄りや、死にかかった人ばかり見ていると、看護師というのは、だんだん巫女さんみたいになるのだろうか。牧田さんは言うだけ言うと、まっすぐ背中を立て、動物じみた澄んだ一色の目で私をすーと見つめ、そのまま歩き去っていった。

午後四時過ぎだというのに地上のどこにも影の気配すらない。赤いカンナの花が化け物の舌のように垂れ下がり、病棟の壁も芝生やアスファルトも、熱気で凸レンズのように撓んでいる。

せっかく同じ家に生れてきたのに、弟はずるい。私よりずっと後から生れて、すぐに逝ってしまった。たった六年。私の五分の一くらいしか生きていなかった。みんなに愛されて、みんなを悲しませた。あれっぽっちしか生きないのなら、どうしてこの世にやってきたのか腹がたつくらいだ。

「お母さんを大目にみてやってね、美里。女親にとって、息子は亭主より大切な宝。亭主がいない女にとって、息子は恋人のようなもの。まして、あっと言う間にいなくなったから、あの子は蕗子の神様になっちゃった」

お母さんが二度目の自殺未遂を起こした時、おばあちゃんは私にそう言って謝った。

「真人って名前はたった一人の真の人っていう意味なのに。あの子は生まれた時から手足が華奢で、顔立ちも女雛みたいだった。抱いていると可愛い女の子ねえって見ず知らずの人があんまり寄ってくるから、イヤだった。減るみたいな気がして、惜しくって」

生きている時も、死んでからも真人はかけがえのないお母さんの宝。たった一人の恋人で、唯一無比の神様。

今でも弟を思い出そうとすると、お母さんの姿がかぶさって、思い出まで惜しそうに覆い隠してしまう。薄い皮膚。つまんだような鼻。小さな唇。睫毛に彩られた目は昆虫のように黒かった。私はビールを一気飲みしてようやく、棺窓から見た蝋製の女雛みたいだった真人の顔を思い出す。

夕暮れは早くなったけれど、まだ蝉が鳴き、耳を澄ませば虫の声も確かに聞こえる。本当に今年の夏はおかしい。病院から帰ってから、むきになって水撒きをしたけれど、庭も植木鉢も、縁側の飛石もあっと言う間に乾いてしまった。

暑さの残る夕方の庭を見ていたら、急に弟がとても逆立ちが上手だったことを思い出した。

鉄棒の逆上がりさえ難しかった私と違って、ろくに練習もしないで真人は軽々と逆立ちをした。一緒にいても、何の前触れもなく、ふわっと脚を上げて、気がつくともう顔が私の膝あたりにある。怒ったり、笑ったり、泣きそうになっていたりしても、タイミングも計らず、息も整えず、倒立することができるらしかった。庭の隅や畳の真ん中や、窓の側などで逆立ちをして、そのままにこにこ私の側に寄ってきたりした。

たった六年しか生きられないくらいだから、もともと重力が足りない子だったのかもしれない。そう思った時に、ふっと伯母さんが飛行機の窓から見たのは、やっぱり弟の真人だったに違いないと直感した。

朝から異常に蒸し暑い日だった。私は伸びてしまった前髪があまりうっとうしいので、古いカチューシャで上げて、UVクリームを厚く塗り込んだ。大嫌いなおでこが丸出しになると、日本髪を結っていたおばあさんの結婚式の写真にそっくりになる。瓜実顔、と言うよりたんに間延びした馬面。丸顔だったお母さんや、顎の尖った伯母さんの小さな顔とはまるっきり似ていない。

「美里は富士額だったのね」

伯母さんは今日は不思議なほど元気で、教師だった頃のように笑った。

「関係ないよ。産毛を剃っちゃえば、生え際の形なんて」

伯母さんの気分は不思議なほど早く伝染する。私もついはしゃいで、わざとカチューシャをぐいっと上げて見せた。

「あたしも富士額よ。日本美人の証拠」

伯母さんも柔かそうな髪を細い手ですくい上げて見せる。

「蕗ちゃんも富士額だったよ。ずっと前髪で隠してたけど」

一旦下げた右手をそおっと持ち上げて、伯母さんは細い指でゆっくりと富士山の形を描いて見せた。

「むかしむかし、富士額の母親をもつ富士額の姉妹がいました。そして、富士額の娘を産みました」

私たちが顔を見合わせて笑っていたら、ドアをノックする音が聞こえた。

「朱鷺子先生。犬走先生がお見舞いにいらっしゃいました」

牧田さんが大きな花束を捧げ上げるようにして入ってきた。

「どうして？　なんで、私がここにいるのがわかったの」

花束の後ろから、牧田さんより頭ひとつ高い男の人が姿を見せた。

「久しぶりです。先生」

牧田さんは目が合うのを避けるように慌ただしく病室を出ていったので、私は遠慮せずに犬走先生と呼ばれた男の人をゆっくり眺めた。

「美里です」

伯母さんが落ち着いた声で私を紹介すると、初対面にしてはあまりにそっけない一瞥を私に投げただけで、すぐにベッドのごく側まで寄っていった。飼い主だけしか眼中にないような、まるで突進するような性急さだった。

「いつです？　なんで、どうして、こんなことに」

質問をしているというより、吠えたてているように聞こえた。相手がすぐに答えられないことを、ただまっすぐ問い詰める。伯母さんの小さな顔に噛みつきそうな勢いだ。オイ、イヌバシリ、ナニサマノ、ツモリナンダ。伯母さんの代わりに私が生徒にするように注意してやりたくなる。牧田さんはセンセイと紹介したけれど、とても教師には見えない。軽い感じの細身のスーツを着た後ろ姿を私は思い切り睨みつけた。

「いろいろあって。この通りよ。別に報告することもない」

答えはそっけないけれど、伯母さんの視線は言葉よりずっと優しかった。イヌバシリの姿勢がふいに前かがみになって、富士額の伯母さんの前髪に触れた。

「息せき切って来るほどのことじゃあないのよ」

払いのけるのか、置かれた手に手を重ねるためなのかわからないほど、伯母さんは柔かに彼の手首をとった。

私の非難のまなざしに気づいたらしいイヌバシリは、「まだいたのか」というあからさまな目つきで振り返った。

「ずっと側にいるわ。美里は私の娘だから」

伯母さんが恋人にとっておきの秘密を打ち明けるような甘い声で言ったのを機会に、仕方なく、見舞いの花を抱えて病室を出た。

花束は作ってからずいぶん時間がたっていたらしく、勢いも悪いうえに、貧弱で特色のない花がごちゃごちゃ束ねられていた。半分以上ゴミ箱に捨てて、残った花を花瓶にさして病室に戻ろうとすると、夕立の前触れらしい雨がぽつぽつ降り出してきた。

「話を聞いて、すぐ飛び出してきちゃったから、今日はもう帰るけど、必ずまた来るから。きっと。絶対、ずーっと来るから」

イヌバシリという人は自分のしたいこと、求めること以外には目にも入らず、耳もすまさず、説き伏せるように同じことを言い、反応や返事など全く無視して結論だけを言う人らしかった。一方的で押しつけがましく、無神経。伯母さんはこんなタイプの男が一番嫌いなはずなのに。

「やっと会えて、安心した。こんどこそ、必ずそばにいる」

名残惜しそうに振り返り、吸い寄せられるように見つめ、歩き出すかと思ったら、また戻って、伯母さんの肩を揺さぶりながら繰り返し同じことを言う。同意や答なんか聞く気もないらしい。見つめていると、帰る決心がつかないといわんばかりに、目をぎゅっとつぶって、ベッドからドアまで五足くらいの大股で出ていってしまった。

「ちっとも変わらない。ああいうのを正真正銘の鉄砲玉っていうのね。なんでも体当たり。当たって、砕けて。あっと言う間に勢いよく上がったかと思うと、風に飛ばされてしまう糸の切れた凧。あの人、隼人って名前なのよ。念がいってるでしょ」

伯母さんの口元にためらいや、甘やかしたくてたまらないみたいな苦笑いが浮かんでいる。お母さんにそっくり。真人が癇癪をおこしたり、泣きだしたりした時のお母さんに瓜二つ。恥ずかしくて照れているのに、誰かに見せびらかしたい。その人のことを口に出して、自慢したい誘惑に勝てない。お母さんと伯母さんは賢さは似ていないのに、バカみたいな所だけそっくり。

「凧だとしたら、すぐに濡れて落ちる。ぽつぽつ降り出してきたから、きっと夕立になるよ。すごく蒸し暑かったし」

私の言葉を裏づけるように、窓が急に暗くなって、すぐに窓硝子に大粒の滴が飛びかかってきた。

「大変。興奮すると、雨の音どころか雷だって気がつかない人なの。傘なんか持ってないに決まってる。急いで貸してあげて。きっと牧田さんに会って帰るから、追いつくと思う」

伯母さんは疲れの滲んだ声で私に言うと、ベッドに深く身を沈めてしまった。壁側を向いているのでどんな表情をしているのかはわからない。

「まったく、何しに来たの？　あれでもお見舞いのつもり。喋るだけ喋って、急いで飛びだしたあげく、逆に病人に心配させるなんて」

私は伯母さんの背中に文句を言ってから、サイドテーブルに仕舞ってあった折り畳み傘を持って玄関ロビーに向かった。伯母さんの予想どうりイヌバシリは傘立ての側で呆然としたような、呆れたような様子であっという間に本降りになった雨を見ていた。

「これを、伯母さんが」

紺色の折り畳み傘を鼻先にぶら下げるようにしたら、やっと私に気づいたらしかった。

「傘はいいです。すぐ止むから」

あっさり拒絶とうけとって、回れ右をしてもよかったけれど、目の前で滝のような雨が降っているというのに「じゃあ、御勝手に」と引き上げるわけにもいかず、私は雨宿りに付き合う形で並んで立った。

「もう一度、会っていこうかな」

さすがに気がひけるのか、独り言めいて呟いた。

「あれからすぐ眠りました。行っても無駄です」

傘は口実で、もう少しこの男を観察するつもりでいることを悟られないように、私もそっぽを向いて言った。

「眠っててもかまいません。側にいるだけで」

ずうずうしいにもほどがある。イマゴロニナッテ、ヤッテキテ。イイカゲンニシロヨ、イヌバシリ。オマエハイッタイ、ナニヲシニ、ドコカラキタンダ。鉄砲玉でも爪でも構わないから、二度とくるな。心の中で悪態をつくのが精一杯で、私は腹立ちまぎれに黙って折り畳み傘を広げた。

「返して頂かなくて結構です。持っていって下さい」

こんな小さな傘では歩き出した途端、びしょ濡れになるに違いない。風で柄も骨も曲がってしまうかもしれない。それでも私は傘を広げたままにしていた。

〈恋[※2]しいソレンツァーラ　港の船よ
いつまでも私の心を　とらえて離さない
なつかしいあの灯が　まぶたにのこる
海の彼方のはるか沖から　あの人は帰る〉

まさか隣にいる男が歌っているのだと気づかないくらい唐突に、彼は歌い始めた。見かけの強引さには似合わない滑らかで、澄んだ声だった。周囲を取り囲む雨音に消されると思ったのかもしれないが、ちょうど玄関にやってきた男の人が不審そうにイヌバシリを見、それから私に向かって非難の視線をスライドさせた。
〈白い砂浜に　のこる小舟は
波にゆられて　いつかしらずに流れてゆく
ああーソレンツァーラ　光にかがやく
ああー　ソレンツァーラ　恋の港〉
一番声を張り上げる箇所の最後の歌詞、「今も恋しい　ソレンツァーラ」をイヌバシリは胸に拳を当てるようにして、一番低く歌った。呻いているように聞こえた。
「何かを待っている時も、思い出してる時もずっと同じ歌。酔っ払っていても、泣いていても。バカみたいにこれしか歌わないいんだから」
気がつくと彼の足許にまで雨が降り込んで、濃いグレーのズボンの裾がびしょ濡れになって、それがなんだか生々しい血の痕のように見えた。途中から声がかすれて、変だなっと思ったら、スーツの袖でごしごし目をこすっている。血のような染みは袖口にまで広がって、私の広げた傘の影あたりで俯くと、胸一杯血飛沫を浴びたように見えた。
「酔っ払っていなくても、今でも病室で歌ってる」
私はわざとぶっきらぼうな声で言った。それでもイヌバシリは意地を張ったように私の顔を見ない。そっぽを向いたまま、たった一つの質問をした。

「美里さんは本当は先生の何ですか。娘ですか。姪ですか」

「姪です。それに、娘です」

イヌバシリはちょっと笑った。白い歯がこぼれて目尻が下がると、笑う前より五歳くらい老けて見えた。無鉄砲と糸の切れた凧を繰り返していたら、当然疲れて、意外に早く老けるのかもしれない。よく見ると、汗でよれたワイシャツから覗く首は細くて華奢で、最初の印象の体育系らしいたくましさは感じられない。

「やっぱり。一目でわかった」

かすれた声で皮肉そうに頷くのを見た途端、もし私が死んだ弟だったら、きっとこの瞬間に逆立ちをしたに違いないと思った。逆立ちの代わりに、私も心を軽く倒立させて、質問をしてみることにした。

「じゃあ、あなたは伯母さんの何ですか」

「恋人です。そして、息子」

雨が一瞬小降りになった。そんなはずはないのに、本当に雨しぶきがさっと引くようになった瞬間、彼はもう外に出ていた。雨の扉が束の間彼を通し、すぐに閉じられた。

「いっちゃった」

気がつくと牧田さんが、大きな男用の傘の柄に掴まるようにして背後に立っていた。

「来たと思うと、すぐいなくなる。でも見て、先生が帰ったあたりに、すごい稲光り。金色の矢印みたい。もしかしたら、どこかに落ちたのかもしれない」

見てと言われた方を眺めることもなく、私は広げていた傘を落ちてきた鳥の羽根を折るようにゆっくりと畳んだ。

※1　「想い出のソレンツァーラ」岸洋子（作詞・作曲：マルフィージ、ダルバル、バッカラ　訳詞：水野汀子）
※2　「想い出のソレンツァラ」越路吹雪（作詞・作曲：マルフィージ、ダルバル、バッカラ　訳詞：水野汀子）

シオノ

僕は部屋で妻のシオノが帰ってくるのを待っている。待っていながら読んでいた小説を伏せて、薄青い夕方の空を見る。

「暗くならないうちに、行ってくる」

出かけていく時、シオノは言った。もうじき四月だと言うのに、朝晩は特に冷え込む。

「あなたは知らないでしょうけど、とても寒いのよ。風が冷たいの」

シオノは続けて言って、怯むような目で僕を見た。だから僕が行けばよかったのかもしれない。シオノがいつも利用している商店街までは女の足だと十五分はかかる。坂もある。夕方になると、アーケードにある肉屋も八百屋も混むだろう。

「僕が行ってくるよ。何を買えばいいのか教えて」

口に出すほどはっきりと思ったけれど、言わなかった。思ったけれど、言わない。仕事を辞めてからずっとその連続で生きている。言葉が出てくるタイミングを逃してばかりいる。というよりも、思ったことを口にするという単純な装置を僕ははずしてしまったのだ。

昨日から読み続けているけれど、つまらない小説だった。解説が一番おもしろい。あとがきもちょっといい。だけど、最初のページを半分読んだだけで、もうこれはダメだとわかった。美味くもないし、栄養にもならない。時間稼ぎにすらならない。

残ったページを確認して、本を伏せた少しの間に青空に細長い雲が出ていた。灰色と、ほんのちょっぴりの薔薇色。僕はまた出て行ったシオノのことを思った。いつもの茶色のダウンの首に、マフラーかスカーフを巻いていったのだったか。思い出せない。今頃はもう商店街の不必要に明るいアーケードの下を歩いている頃だ。

部屋の中にはシオノが出かける前に取り込んでいった洗濯物があちこちに吊るしてある。

「袖が湿っぽい。裾が乾いていない。あっ、靴下は大丈夫」

ざっと点検したまま、畳まずに行ってしまった。つまらない本を読むのを止めて片付けてやればいいのだけれど、僕は彼女が洗濯物を畳んでいるのを見るのが好きなので、そのままほうっておく。

もうシオノを愛していない。そのことに気づいたのはいつ頃だったろう。愛していなくても、彼女の作るホワイトシチューやキッシュパイや混ぜご飯が大好きだ。具のたくさん入った味噌汁を特大の椀に入れて食べる時、安堵と感謝の気持ちで一杯になる。風呂から出て髪を拭きながら「じゃあ、先に寝るね」という彼女のすばやいキス。湿っていて生ぬるい唇は小さな熱帯魚みたいだ。

三年前、シオノと結婚した当時、僕がこんなふうに彼女を全く求めなくなるなんて思ってもいなかった。まさか飽きたり、失望したり、慣れて、退屈するなんて。僕たち二人に限ってそんなことは絶対ないと信じきっていた。

夢中だったのに、すぐ熱が覚める。そのスピードがシオノを愛さなくなってから、すごい勢いで加速している。仕事も、人間関係も、風景や音楽も。一番そのスピードが遅いのが、かろうじて読書だった。中断して、厭きたと思っても、すぐ忘れて、つい続きを読んでいる。読むという行為で、僕は生きていく上で最低払わなければならない集中力をかろうじて保っている。

まだ八十三ページしか読んでいない小説の中の恋愛もたった半年で終わった。夫は違う女と浮気をし、嫉妬に悩んだ妻はノイローゼになった。二十二ページで遂に別れた。男は新しい女に裏切られ、別れた妻は行きずりの男の子を身籠った。二人が再会する日がいつかあるのだろうか。

しかし現実の生活はそんなに早く変わらない。僕は仕事を辞めてもう半年近く家にいる。シオノは同じように食事の支度をきちんと続け、僕とセックスをしなくなっても、会話がどんどん短くなって、ついに返事すらまともにしなくなっても、たいした不満も言わず機嫌よく暮らしている。野菜を多量に切って、小分けにして冷凍したり、別々に煮たり、炒めたりする。残った芹の根を水に漬けて、新しい葉が出てくるのを待っていたりする。

「夕方から雨になるかもしれない」

昼飯に三つ葉と葱と生姜と油揚げの入った讃岐うどんを食べ終わって彼女が言った。

「そろそろ雨もいいわね」

雨を呼ぶような目でシオノは言った。薄青い空から、確かに夕暮れの紺とは違った濃い墨色が染み出している。それでなくても三月になってから、不吉なほど昼が長くなってきているのがわかる。

「夕食は、何がいい？　しゃぶしゃぶのサラダと魚でいいよね」

ちょうどつまらない小説の中に川が出現していた。主人公の母親が死んで、通夜に間に合うように男が故郷の橋を急ぎ足で渡っているところ。僕はシオノの問いかけにも顔を上げなかった。軽く頷いた気はするのだが。

マンションのドアが開けられて、閉められた。僕は本を置いて、シオノを追いかけて行きたいと瞬間思った。エレベーターの前で追いついて「一緒に行くよ」と言ったら、彼女はきっと喜ぶだろう。

人を喜ばせることが怖い。多分悲しませたり、嘆かせたりすることよりずっと、怖い。人を喜ばせた後、一体何をすればいいのかと考えると、愕然とする。僕は本を置いたソファの側の染みをじっと見て、束の間の衝動が行き過ぎるのを待った。

染みの形が河馬なのか象なのか判明する間もなく、シオノはマンションから遠ざかっていった。ぎりぎりセーフ。何でも大体のことはセーフだ。単位がぎりぎりでも大学を卒業することは出来たし、たった三社しか受けなかったけれど、第二志望の会社にどうにか入社できた。

何よりもその会社でシオノに会った。背の高い三歳年上のキャリアウーマン。でも彼女には人に言えない秘密があった。

「あたし、ある婦人病の後遺症で子どもを生むのは無理だと言われてるの」

最初のデートの時、彼女は告白した。そういえばどこかの橋の上だった気がする。橋の真ん中で立ち塞がるみたいな恰好で言ったのだ。僕は多分「へええ」とか言って、「そんなの関係ない」と心の中で呟いて、とっとと橋を渡ったのだ。

「葛西君とはフェアな関係でいたいから」

三回目のデートの時、彼女は映画館の暗闇の中でいった。僕は頷いて、隣の席で行儀良く組んでいるシオノの手を握った。

外よりもずっと早く部屋の中が暮れる。それに寒い。朝から一歩も外へ出ていなくても外気が真冬並に下がっているのがわかる。三月になった途端、初夏みたいに暖かい日が続いたのに、いつの間にかまた冬に逆戻りだ。

「三寒四温って言うのよ」

シオノはそう言ったけれど、二温七寒くらい寒い。耳がひっぱられるほど冷えてきている。温かい飲み物をマグカップ一杯飲みたい。喉が渇いたとか、腹が空いたと思うたびにさりげなく「お茶いれようか」とか「何かちょっと食べる?」と聞かれる。僕はそのタイミングのよさに驚きながら「シオノに養われているみたいだ」とか「まるで手をかけられているペット並だ」と思う。「優しくされている」とも「大切にされている」とも感じない。それは多分彼女がとてもナイーブに僕を扱っている証拠のはずなのに。

寒さが増し、空が暗くなり続ける。シオノは魚屋で魚を買い終わっただろうか。鯖だろうか。鰺だろうか。まさか鯛ではないだろうし、他に僕の頭の中からすぐとりだせる魚は鮭と鰯くらいだ。

もうひとつだけ。いつだったか、結婚前にシオノと買い出しに行った時、太刀魚というのを魚屋でみかけて二人で大笑いしたことがあった。金属のように銀色に光って、抜き身の刃に似ているから太刀魚。僕達は同時に頭の中で武士が懐に太刀魚を差している姿を想像してしばらく笑いが止まらなかった。

出会ってからいつも笑ってばかりいたのに、僕もシオノも最近は全然笑わない。楽しいことを発見すると人は笑う。その発見をお互いが共有し増強しあってまた笑う。そんな単純なコミュニケーションが、今の僕にはとても無駄で面倒くさいものに思えるのだ。

魚屋の後に八百屋へ行く。アーケードの中にはコンビニも小さなスーパーもあるけれど、シオノは滅多にそうした所には寄らない。

「便利だし、安いのにどうしてスーパーへ行かないの」

つき合い始めた時、聞いたことがある。

「買い物って人が人に売ったり、買ったりするから楽しいのよ。挨拶をして、ゆっくり選んで、名前とか、料理法とか教わって。お金を払ってから、お礼を言って帰る。そういう手間が好きなの」

といってもシオノが商店街で買い物をするのはその都度お喋りを楽しんでいるからではないらしい。彼女は父親の仕事の関係で辺鄙な南の島で育った。そこにはスーパーもないし、信号もほとんどなかったのだという。モノはヒトから買う。気に入ったモノや目についたコトがあると、立ち止まって眺める。わからないことがあったらそのへんにいるヒトに聞く。そうした単純で長閑な習慣や時間がシオノの中には残っているらしい。

頭と感度がよくて適度にセクシーで、年上のキャリアウーマンに見えたシオノのなかにある島の時間。朝が来て、昼になって、いつのまにか夕方になる。気がつくと夜に囲まれている。ぼくたちは今、舵もエンジンもない船に乗って、シオノの島の時間に囲まれて生きている。

学生の時も働くようになってからも僕はあまり本を読むことはなかった。仕事を辞めてから、新聞を読まなくなって、パソコンもやめて、携帯電話を持たなくなってから、近所の図書館で本を借りて読むようになった。

本さえ読んでいればシオノは僕に最小限のことしか言わない。聞かない。僕は何も考えず、気にすることなく、質問や答えを準備することなく過すことが出来る。本というのは島の中にあるもう一つの島だ。

ずっと昔、鳥居のある島に遠足に行ったことがある。潮干狩りだったかもしれない。潮が来て、潮が還る。砂に道が現われて小さな鳥居のある島に一直線に繋がる。あんなふうに何かが自然に現われてくることを僕は待っているのだろうか。

黒い雲が急に窓一杯塞いで、それが夜ではなく雨雲であることを突然知らされる。本の表紙を膝に広げて、僕は珍しく熱心に外を見る。

シオノは帰ってくるだろうか。急ぎ足で坂を下っている頃なのか。ぽつりぽつりと降り出した雨が買い物籠の中にある魚屋の袋を湿らせ、はみ出した野菜の葉が濡れているのが見えるような気がする。

彼女はどこかで泣いているのだろうか。湿った買い物籠を抱えて、潮が満ちてきて、真っ青な波に隠れてしまった道を思いながら、雨の降り込むアーケードのはずれで少女のようにシオノは泣いているかもしれない。

傘を持って誰かを迎えにいくという習慣が廃れてしまってからどのくらいの時間が流れたのだろう。二つも三つも、子ども用の赤い傘や男物の黒い傘を提げて、改札口に目を凝らしている女の人を、夕立ちのあった晩などにはよく見かけたものだけれど。

ベランダにある物干しから雨の滴が滴っている。風も出てきた。ここに引っ越してきた時友だちにもらったオリーブの木が揺れている。花も咲かない、実もつけない。ろくすっぽ葉もついていない痩せたオリーブの木に、シオノは最近水をやらない。

化粧もしない。服も買わない。図書館に行こうとすると、玄関には僕のスニーカーと、シオノの普段用のつっかけがあるだけ。僕の革靴もシオノのヒールも靴屋のストックのように整然と靴箱に納められている。僕が社会人とか、夫の役目を降りてしまってから、シオノも潮の中に続く階段を一段づつ降りていこうとしているのかもしれない。

でも降りきってはいない。いつも目の端にシオノが見えている。彼女はまだ近くにいる。陸に帰る道のない、取り残された島の小さな赤い鳥居。それがシオノだ。

雨がだんだん本降りになってきた。ずっとその存在を忘れていた電話を僕は思い出す。

「傘を持って迎えに来てよ。アーケードのはずれにいるから」

もし僕の妻がシオノでなかったとしたら、きっと電話を寄越して、当たり前のように言うだろう。それとも商店街の百円ショップで透明な傘を買って、平然と帰ってくるに違いない。

でもシオノはけっしてそんなことはしない。僕はそのことをよく知っている。

「雨が降りだしたら、気が済むまで雨を眺めるし、急ぎの用事があったり、誰かと約束をしていたりしたら、駈けるの。どこかの軒で一休みしたり。ずぶ濡れで歩いていれば、誰かがきっと傘をさしかけてくれる。島では雨で困る人なんか誰もいない。台風や嵐の時は別だけど」

南の島に降る雨を思いながら、シオノは細くてよく光る目を伏せて、どこかの軒で雨宿りをしているだろうか。正確に言えば、自分にはもう待っている人もいないし、帰るべき家もない。とっくにわかってしまっている事実をくるんでいる島の時間。それがびしょぬれになって、破れかかっている。

夜と雨が一緒に来て、外も内もすっかり暗く閉ざされてしまった。シオノは帰ってこない。読みかけの本を開いて雨の音を追い出してしまったら、外部も内部もない。帰ってこないシオノを消していく長い長い雨の時間。

私の三十七年の人生はそんなにたやすく流れてなんかいかない。強がりを呟きながら、唇を噛んで、降りやまない雨を見る。

子どもの頃、よく『五十一』と言うトランプゲームをした。自分が集めているハートとか、スペードとかの種類ではなく、あるいは点数の少ないものしか出てこないとき、いとも簡単に言ったものだった。

「流す」と。

一度の順番で、たった一度しか言えない。

「流す」

一回言ってから、もうずいぶん時間が経った。

降りやまない雨が流すのは、借りてきた本だけを盾にして社会や常識のすべてを防いでいるつもりの夫だろうか。薄っぺらな活字の砦を遠巻きにしながら、「ご飯にしようか」と声をかけるだけの無力な妻の時間だろうか。

飛沫の降り込むアーケードの片隅で、私はちょっと自嘲的に笑う。とても寒い。夫はもう妻がおつかいに出ていることなど忘れているだろう。夜も朝も昼も。雨が降っても止んでも、彼は私のことを考えていないし、待ってもいない。彼はとっくの昔から何も、誰も待っていない。

私だって社会や他人や、外部からくるものを待ってはいない。マンションの一階にあるメール箱を覗かなくなってどのくらい経つだろう。電気代の領収書や、化粧品のＤＭや、不動産屋のチラシなどが溜まって、メールボックスは一杯になっているに違いない。

マンションの住人が３１１号室の前の廊下を通る時、うっすらと嗅ぐだろう失踪や不在の匂い。けれど私たちは内側から鍵をかけ、一日に数度はドアを開けて出て行ったり、帰ってきたりして無事に暮らしている。電気やガスや水道代を払いながら、それらを使用して滞りなく飲食を続けて。

湿った足元から寒さが滲みてくる。身体を縮こまらせたまま私はそっと振り返る。商店街は賑やかで明るく、あらゆる食べ物の匂いが充満していて、話し声や、スピーカーのアナウンスが途切れることがない。どんな人でも迎えて、誰も追い出したりしない。

ここに引っ越してきてすぐに、アーケードの店の一軒で思いがけない買い物をしたことがある。古いカメラや時計が陳列されている冴えないショーウインドウの中に、小さな芥子粒ほどの真珠が七つ並んでいる指輪を見つけたのだ。

指輪は驚くほど安価だった。私が育った島には質屋というものがなかった。東京に出てきて、初めてその存在を知った時はずいぶん便利なシステムだと驚いたものだ。

「だけど、借りた金に利子をつけて返さないと、預けたものはみんな流れてしまうんだ」

大学時代のボーイフレンドはアルバイトでやっと買ったギターをたった三千円で流してしま

ったことがあるのだという。

流れていくギター。

誰かが流してしまった小さな真珠の指輪。

「一ミリのベビーパール。これでもアコヤだよ。台はホワイトゴールド。サイズは五。ピンキーリングかもしれないね」

まるで夜店の玩具を渡すように無造作ではあるけれど、指輪の価値と素材だけはきちんと保証して、質屋の主は指輪をくすんだビロードの箱ごと私の手の平に乗せた。

外見は糸とビーズでできたように華奢に見えたそれは、はめてみると意外に相応の重量と安定感があった。

今では指輪がピンキーリングではなくて、赤ちゃんか、幼児のバースディリングだとわかる。真珠は人魚の涙でも、海の贈り物でもない。七つの光る小さな粒は、あるいは赤ちゃんの誕生日か、子どもの生きた歳月の数であったのかもしれない。

流された赤ん坊は決して戻らないのに、子どもがいなくなってからの歳月だけが、ひっそりと戻される。「これは流す」と向こう側からそっけなく返されてきたように。

片方の手袋とか、錆びた鍵。形見のブローチといったさほど必要でもなく、すっかり忘れていたモノがいつのまにか流され、気がつくと還ってきていたりする。真珠の指輪はまだ引き出しの奥にあるのに、それを売った質屋はいつのまにか無くなってしまった。『蔵屋』というとても堅牢そうな屋号だったのに。

流れついた小さな指輪。

流されてしまった『蔵屋』。

時間という潮はそんなふうに過ぎたものと、還ってくるもののささやかな波動で成り立っているのかもしれない。

時計も携帯もないから、時刻は正確にわからないけれど、私がマンションを出てから一時間以上は経っているだろう。雨はまだ止まない。止みそうもない。黒い傘の男が急ぎ足で近づいてきて、傘を慌てて畳み、私の顔をさっと見る。

「お父さん」

男が通り過ぎてしまってから呼ぶ。濡れている男を見ると、ついその名前で呼んでしまう。うっかりやの父はしょっちゅう傘を忘れてきて、玄関で濡れて立っていたから。湿ったウールや化繊の匂いは少し生臭くて、びっしょり濡れていたりすると、父は堤防に打ち上げられた大きな魚のようだった。

懐かしいという感情は一体いつまで保つのだろうか。恋しいとか、かわいそうとか、悔しいという感情よりもずっとずっと寿命が長い気がする。封を切っても湿気ないし、一瞬のうちに気化したり、風船のようにあっけなく萎んだりしない。雨に季節があるように、懐かしいという感情にも四季があって、それはふいに巡ってきて、行ってしまっても、少し形を変えたりして、必ず還ってくる。

濡れた男は行き過ぎてからも、私を振り返ってみている。それはきっと私の買物籠から漂っている鰯の匂いのせいだろう。

「だめだめ奥さん。魚は目が大きくて、尾っぽがでかい奴でないとうまくない。海中で目玉をぎょろぎょろさせて泳ぎまわり、よく動くから身も締まって、油ものるんだから。目がちっちゃくてもいいのは、群れて動く鰯くらいのもんだよ」

群れを逸れても、泳ぐことをしなくなった夫の体はふわふわと膨張を続けている。黒目がちな目は縫いぐるみの犬の眼のように透明に盛り上がってきている。私の差し出す食事を見る時、その目が一瞬銀鱗のように光る。

一皿四百九十円の鰯も夫の目の色に似た銀色だった。

どんなに新鮮な鰯を焼いたとしても、夫はムシャムシャと頭から食べることは決してしない。彼が頭と身と皮と内臓の味を比べるような味覚を失ってからどのくらい経つのだろう。仕事を辞めてから。図書館以外には外出をしなくなってから。新聞も読まなくなり、電話にでなくなって。言葉を発しなくなると、人間の味覚は徐々に衰退していくのかもしれない。彼の口腔か、味蕾で静かに起こっている謀叛。

それでも私たちは一日に四、五回は向き合って、食事をしたり、お茶を飲む。会話は勿論、独り言を言ったりもしない。黙ってものを食べる習慣は、私の育った地方の風習だったから、静かな食事は苦痛ではない。黙々と咀嚼している彼をひそかに見つめながら、時々思ったりする。食物は夫の体内に脂肪や、糖質や、数々のエネルギー源を調達するだけでなく、私の記憶の層をさりげなく混入させたり、移しかえて、培養させたりする手続きの一種かもしれないと。手を変え品を変え、工夫をこらすメニューは新しい彼を生成するための、大切なプログラム。意志や嗜好を伝えなくなった彼のために、私は二人分にしては過剰なほどの食材を買いにほぼ毎日この商店街に通っている。

傘の滴を丁寧にはらいながら、女の人が二人アーケードの中に入ってきた。

「賑やかで、明るくて、商店街は別世界ね」

一人の女の人の顔がほころぶと、もう一人の女性も身をすり寄せるように言う。

「ほんと。ここへ来ると急にお腹が空いて、いろいろ買いたくなっちゃう」

雨に降りこめられたように立ち尽くしている女など見えないふりをして、二人はパン屋に入っていく。

「都会で一番素晴らしいのはパン屋です。銀色のトレーと金色のトングを持って色とりどりのパンを選ぶ時の楽しさ。バターやバニラクリームやチョコレートの匂いに包まれて店の中を歩きまわる幸福といったらありません。本当に街に出てきて良かったと思います」

八歳違いの姉が結婚して、たった一度だけ寄こした手紙をよく覚えている。幸福な街に嫁いだ姉からは、その後どんな音信もなく、父母や私が出した手紙が『転居先不明』で返ってくることもなかった。

手紙や噂はもともと消えやすいものだけれど、家族や一緒に暮らした歳月なども、すぐに切れ端になったり、後退りしたりして、知らず知らず離れていってしまうらしい。

バターの焦げた匂いや、チョコレートの匂いをさせてパン屋から出てきた先ほどの二人連れは、どちらもちょっと姉に似ている。それぞれが暖かそうに膨らんだ紙袋を抱えて、私のことなど見えないかのように、アーケードの奥へ歩き去ってしまった。

この商店街に買い物にくるようになって、私は料理のレパートリーが増え、食材の種類や調理法などもずいぶん覚えた。けれど肝心の料理の腕が上達したかどうかはわからない。味覚が衰退してしまった夫に「美味しい？」と聞くことは出来ないし、味見が済んだ時点で、私自身は料理にほとんど関心を失くしてしまうから。

夫はテーブルに並べられた椀や皿や鉢を眺めることさえしない。ただ具だくさんのシチューや、混ぜご飯を食べる時、漠然とした安堵の視線で私を見ることはある。いろいろなものがいっしょくたに入っているものを食べると「味がたくさん詰まっている」と思うのかもしれない。

例えば今日は、買ってきた鰯は焼くだけではなく、生姜で臭みを抜き、多量の酒と調味料で煮しめた末、梅干しの酸味を足して仕上げようと思っている。しゃぶしゃぶのサラダにしても、豚肉の薄切れを葱や生姜や大蒜の香りの湯をくぐらせた後、五種類以上の千切り野菜の上に盛って、練りごまのドレッシングをつけて食べることになるだろう。

たっぷりかけられた手間と、時間。複雑で、ややこしい食し方。彼はそれを躊躇うことも、省くことも、残したり、不足そうだったりすることもなく、粛々と食べ続ける。

それでも、ごくたまに無表情に箸を動かしていた夫の目に、たゆたうような間が挟まれて、問いかけに似たまなざしが浮かぶことがある。魚の名前。たれのとろみ。生姜の匂い。梅のあるかなしかの酸っぱさ。懐かしい感触とか。他に何か、思い出せそうで、思い出せないもの。その延長のまなざしの先に私がいる。

夫の微弱な味覚が何に感応したのか想像することは出来ないが、私の身体の内奥で何かがピクンと動く。ＤＮＡに刷り込まれた因子が、身じろぎをしたような。見えない信号が遠くで点滅したような、予兆ともいえないかすかな徴。それも束の間、彼は掴みかけたヒントをすぐ手放す。手繰りよせて、注意深く探ることはしない。沈めて、かき混ぜて、あっという間に噛み砕き、嚥下してしまう。

一食くらい消えたってかまわない。忘れても、消滅して、跡形もなくなったとしても、私は一喜一憂したりしない。明日も明後日も、私は料理を出し続けるし、彼はそれを食べ続けるから。彼はきっといつか気づくことになる。

百味のなかのささやかな味のひとつ。辛さ。酸っぱさ。苦み。記憶の一掬い。私に触った感覚のほんの一部。磁器の底に両手をあてた曲線の温さ。日向くさい香草の匂い。生クリームの濃厚な舌触り。飢えと充足を同時に味わうような、あの感覚。歯と歯の間に沁みとおる肉汁。かすかな生臭さ。ふわりとかぶさってくる柑橘類の香り。なんでもいい。

彼はもう一度私に気づく。その時のために、料理は私に残された唯一のメソッド。

「流す」と人は何度も言うことが出来る。思いをこめて、あるいはうわの空で。新しい何かを待つことも、次の期待など全くなくても、あっさり言う。冷酷な拒否の素振りで。あるいは祈るように言ったりもする。「流す」と。

「流す」と私だって何回も言った。だから夫がいつかそれを口にすることがあっても、無視を続けて私を斥けることがあっても、決して絶望したり、崩れたりしない。どうして行ってしまわないかと問われたとしても持ち堪える。孤立だって、不信だって、やり過ごすことが出来る。

「シオノ？　潮野っていう名前なの。それは海のこと、波や潮流のこと。それとも砂浜のことなの」

七年前、私が自己紹介した時、彼はそう聞いた。名前のことをこんなふうに訊ねたのは彼だけだった。三十年生きてきて、初めて。彼だけだった。

私の島がその時帰ってきたのだ。都会の片隅に島は音もなくすーっと寄ってきて、私を包んだ。彼の問いかけに応えるように。無くなっていた島を呼び寄せることのできた、この人と暮らしたいと思った。もの心ついた時から知らず知らずに流し続け、あるいは精一杯の力で押し出したものも、潰え去って跡形もなくなったものも。家族や来歴、自分が流した子どもすらも、きっといつか帰ってくる。この男とずっと一緒にいさえすれば。そのためだったら、私はできるだけのことを何でもする。いつまでも続ける。

「シオノっていう名前は、潮野ってことだろう。海のこと、潮流のこと、それとも砂浜のことなの」

空はますます暗く、雨の龍はアーケードをぐるぐる巻きにしたまま去りそうにない。こんなふうに立ち尽くしている間に、彼のいる部屋がどんどん小さく、座礁に乗り上げたように傾いていこうと、不安の波が繰り返し襲ってきても私は諦めたりしない。食べ物の匂いのする干潟のような場所から退いたりしない。どんな深い夜も降り続く雨もシオノという女を消去することなどできないのだから。

ダウンの裾を引きよせて、出て行こうとする私の背後を抱くように、スピーカーから潮騒に似た音楽が流れ始める。

【附録】

個人誌『花眼』について

『花眼』のころの魚住陽子

加藤閑

魚住陽子は、二〇〇六年六月から約五年の間、個人誌『花眼』を発行した。一九九〇年に朝日新人文学賞を受賞、その後『奇術師の家』（朝日新聞社）、『雪の絵』、『公園』、『動く箱』（以上新潮社）と、小説集を上梓したが、最後の『動く箱』（一九九五年）以降、二〇一四年の『水の出会う場所』（駒草出版）刊行まで、出版の機会に恵まれなかった。加えて、一九九〇年八月より、慢性腎不全のため透析療養を余儀なくされており、体力面の低下に伴なって執筆への集中度も落ちざるを得なかった。

このころから、個人誌『花眼』発行の二〇〇六年までの約十年間、魚住陽子はほとんど作品を発表をしていない。わずかに俳句同人誌『つぐみ』に俳句と、俳句を取り入れたショートショートを毎号発表したのが目につく程度だ。

しかし、この時期魚住陽子の中で創作の意欲がまったく絶えていたのかというと決してそうではない。彼女にしてはエンターテインメントの要素が濃い長編「半貴石の女たち」はほぼ完成していたし、『花眼』に掲載された短編のいくつかはこのころ着手されている。また、新しい表現方法として俳句に親しむようになり、それを小説作品にも活かそうとしていた。

けれどなによりも魚住に創作とその発表意欲をもたらしたのは、腎臓の移植手術を受け、十五年間続けてきた透析治療から解放されたことが大きかった。移植治療が絶対的な自由をもたらすものではないことは、「透析という不自由からリスクの少ないもう一つの不自由に移行する」ものだと本人も書いている(『花眼』七号あとがき)通りだ。それでも透析中には思うように実現できなかった旅行に何度か行き、そこで得られた「現場の力」にも言及している。(同五号あとがき)

そして『花眼』発行には、当時構想が具体化しつつあった長編「菜飯屋春秋」(二〇一五年、駒草出版より刊行)を連載の形で発表していきたいという気持ちが強くはたらいていた。言わば、腎臓病によって停滞していた生活と創作活動を回復させたいという意欲が、個人誌発行の原動力となったといえよう。

そのように、意欲と期待を持って発行した『花眼』であったが、反響はほとんどと言っていいくらいなかった。今にして思うと、内容や造本にはそれなりに気を遣ったが、恵送先の選定や配慮となるとまったくの素人としての対応しかできなかったように思う。同時に、療養で停滞していた十年の間に文学は魚住を置いて既に違うところへ動き始めていたと言えなくもない。後にそのことを意識した魚住本人が、「私は賞味期限が過ぎた小説家だから」と自虐的に言うことになる。

とはいえ、今回本書に収めた短編は、一篇一篇研ぎ澄まされた言語表現が達成されているし、それぞれのテーマと作品を貫く詩情の調和が見事に保たれている。中でも書籍のタイトルにした「坂を下りてくる人」は、「中庭の神」や「白い花」とともに二〇〇三年辺りから着手されており、小説作者としての魚住が新しい作品世界を模索している佳品である。魚住陽子の全作品に共通している、登場人物のなにげない言葉が、あたかも清水が岩肌を濡らすように、読み手の心情に沁み込んでくる特長を、もっともピュアな形で発揮していると言える。個人誌の発行もそれなりに軌道に乗り、思ったような反響はないながらも、創作の手応えは感じていたと思われ、作品にも精神的な充実が見てとれる。

しかし、その後この方向性には発展が見られず、以後の『花眼』作品を見る限り魚住陽子の作風はどちらかというと、言葉の微妙なニュアンスを大切にした色の淡い世界へと移ってゆくようだ。このあと、「緑の擾乱」や「水の上で歌う」などの力作を発表する（『水の出会う場所』所収）のだから、一概には言えない部分もあるが、大きな流れとしては、「坂を下りてくる人」以降の作品はそのまま晩年の作品につながっていくように見える。

個人誌『花眼』に毎号掲載された短編を発行順に見ていくと次のようになる。

中庭の神　二〇〇六年六月
山繭　二〇〇六年九月
朝餉　二〇〇七年三月
白い花　二〇〇七年七月
坂を下りてくる人　二〇〇七年一二月
芙蓉の種を運んだのは誰　二〇〇八年五月
野末　二〇〇八年一一月
骨の囁き　二〇〇九年六月
シオノ　二〇一〇年三月
夕立ち　二〇一一年四月

当初は年二回のペースが守られていたのが、最後の三号は年一冊の発行となっているのも、反響のなさによる魚住の失意を物語っている。

その傾向が期せずして、移植腎の検査数値悪化と歩調を合わせているのも、近くにいた者として無念の思いを禁じ得ない。これら一連の作品がそれぞれに「死」の影を宿しているのをみると、魚住の晩年の作品の特徴は、すでにこのころから少しずつ顕わになっていたと言うべきだろう。

先に触れた連載小説「菜飯屋春秋」はすでに刊行されており、毎号「花眼」のタイトルで掲載されていた俳句作品は昨年発行された句集『透きとほるわたし』（鳥居真里子編、深夜叢書社刊）に抄録されている。本短編集刊行により、魚住陽子が個人誌『花眼』に発表した作品はほぼ網羅されることになるが、発行者魚住のそのときどきの思いを理解できるよう、「あとがき」全文を付した。彼女の体調の推移と、それに伴なう心の動きの一端が垣間見られると思う。また、『花眼』という冊子の雰囲気を感得していただけるよう、各号の表紙、裏表紙、目次ページの画像を掲載した。さらにそれを補完する意味で、拙稿「表紙について」も掲載している。これらの資料により、魚住陽子の小説作品自体と併せて、当時の彼女の立ち位置や精神のありようを感じとっていただければなによりである。

本書刊行に当たっては、『花眼』各号の本文を底本とし、明らかな誤字、脱字はこれを訂正した。ただし、魚住の文章表現上のクセと言えるものは原文通りとした（「づつ」「とうり」等）。また、植物の名称などの漢字には最小限のルビを施し読者の便に供した。

『花眼』No.1あとがき

二〇〇六年 六月

十五年間の透析生活にピリオドをうって、夫の腎臓をひとつ貰い、移植手術をうけてから一年と三ヵ月になる。

十時間に及ぶ大手術となった翌日、まだ身体中管だらけの私のベッドにようやくたどりついた夫が「君のものになった腎臓をジンタロウと呼ぶことにしよう」と言った。移植というのは再生でもなければ、蘇生でもなく、復活でもない。移植後の私にどれほど必要な臓器であっても、肉体にとってジンタロウは異分子であり続ける。ジンタロウを守るためには私はずっと免疫抑制剤を飲み続けなければならない。

しかしどんなことがあっても一日置きに透析に通い、四時間かけて血液を浄化しなければならないことに比べれば、薬を飲むことなんか、露ほどの負担でもない。暢気に考えていた私はそれから十日もたたないうちに、自分の考えの甘さを知らされることになる。

退院後の初めての検査の時、私はもう強度の歯肉炎でオムライスの卵しか食べられなくなっていた。口腔は言うに及ばず喉の奥まで腫れあがって、咀嚼はおろか液体以外の嚥下すらおぼつかない。栄養の摂取が主な目的で再入院となり、点滴と栄養ドリンクで凌ぐ日々が続いた。

かろうじて固形物ではあっても、到底食物とは認知しがたいものを食べられるようになったのは、三ヵ月が過ぎ、免疫抑制剤の量が半分になった頃だった。

「桜には間に合わなかったけれど、秋には紅葉狩りに行ける」

花粉の季節を過ぎても、感染症を恐れてマスクをし続ける私を、周囲はそんなふうに慰めてくれた。

やっと食感のあるものが食べられるようになった頃、私は全身のだるさと微熱に悩まされ始めた。検査の結果、サイトメガロウイルスの感染と、それに伴う肝機能の低下ということが判明した。

サイトメガロウイルスというのは乳児以外はほぼ感染することのないウイルスなのだが、免疫力のない移植患者にとっては感染率はかなり高いのだという。

ウイルス消滅と肝機能を正常に戻すために三度目の入院。

「移植後の患者にとって、これはほぼ予定内のこと」という医師に「予定内のことはまだどれほど続く予定ですか」と聞くわけにもいかない。ただひたすら腎機能の低下だけを憂慮して治療を続け「頑張れ、負けるなジンタロウ」と祈るしかなかった。

暑くて長い夏だった。幸いなことにサイトメガロウイルスも退治して、肝機能もほぼ元に戻ったものの、退院する時になって、私は自分の骨も筋肉も到底日常生活を送れないほどに衰退していることがわかり、愕然とした。

腫れあがった甲と、踝。膝は外界に反応するようにささいな運動にも震える。整形医は私の骨密度とレントゲンを見て「七十五歳の老人と同じほど骨は薄く、筋肉は衰えている。歩けばすぐに転ぶよ」と呆れ顔で言った。

靴はリハビリ用のサンダル、バスの昇降もままならず、エレベーターのない駅を利用することもできない。ほんの五分ほどの距離を歩いていると、杖をついた老人に追い越されるという有様。

それでもジンタロウはけなげに夏を乗り切った。

「これでひと安心。免疫抑制剤も減ったし、拒絶の心配も少なくなった。でもヘルペスにだけは気をつけて」

医師の助言はそのまま的確な予言となった。

何ごとも経験してみなければわからない。帯状疱疹というものがこれほど激痛を伴うものだと初めて知った。私は少し動くだけで悲鳴をあげ、動かずにいる時は唸った。

左半身、肩から左腕、左胸にまで帯状疱疹の侵蝕の酷さは私からあらゆる形容詞と比喩を奪うほどだった。

それでも必要不可欠だった鎮痛剤がお守り同然となり、手術から丸一年が過ぎた。再び風邪の感染を恐れてマスク生活になった私に「でも来年こそ、桜を見にいける」と周りの人は励ましてくれた。

年が改まっても豪雪のニュースが続いた。一ヵ月遅れの観梅に今度こそ間に合うと思っていた矢先、最も怖れていたことが起こった。

腎機能の低下。生検の結果、一部に強い拒絶が発覚した。

四度目の入院。頼みの綱のステロイドの投入。免疫抑制剤の変更。二十日間、採血と採尿が繰り返された。沈黙の臓器という通り、ジンタロウは私に何も通告しない。

最近になってようやく遅れていた梅の便りを聞く。マーケットには雛あられと菱餅が並び、花屋には室咲きの啓翁桜が売られている。

退院はしたものの、ほぼ透析に通った頃と同じ割合で検査通院する私に「大丈夫。桜までにはきっとよくなる」と誰も言わない。といって、「桜が駄目でも、紅葉は必ず」と励ますのも憚っているのがよくわかる。

かつて「花眼・ホゥエン」という美しい言葉の、美しい意味を教えてもらったことがある。近くのものは朧ろにかすみ、遠くのものだけが晴朗に見渡すことができる目。

平たく言えば老眼のことだけれど、広義には「春の満開の花の中に秋の衰弱と凋落を見、命の輝きのさなかに死を予見する。反対に秋の別離と荒廃の最中に、萌え出る生命と、満開の花を透視することができる」という意味もあるのだという。

今年の桜はだめでも、秋の錦秋を。絢爛たる紅葉を見ることができなくても、翌年の春の繚乱を。命をつないで、生き続けることは自分の中にもう一対の「花眼」を持つことなのかもしれない。

ジンタロウのいるあたりに手をおいて、朝に夕に、見えない花眼に問いかける日々は続く。

『花眼』No. 2 あとがき
二〇〇六年 九月

ほとんど同時に腎移植をした女性と一年半ぶりに会った。彼女とは同じ歳で、やはり夫婦二人きりの生活という環境も似ているせいもあって、最初からすぐに親しくなった。

退院してからも何度か電話の往返はあったが、いつも私からだけだった。退院後も順調に回復している彼女と違って、相次ぐ感染症や拒絶などで体調が定まらない私を気遣って、相手は連絡を控えていたらしい。

電話をするたびに、「だけど、よかった。大丈夫なのね」と初めに念を押すように言う。言葉と声に含まれる独特の優しさと親密感。その声の深さは移植という独特の手術を体験した者にしか伝わらないであろう、微妙な安堵と、淡い愁いを含んでいる。

ステロイド剤のおかげで体力も気力も安定してきた私から、初めて再会を提案した。応諾した彼女は、少し恥ずかしそうに「私たち、お互いがわかるよね」とつけ足した。

「私、太ったよ。ステロイドの副作用で顔も丸いし、ものすごく食欲があって、よく食べるから、体重も増えたし」

「私も。腎臓の重さは三百グラムだったのに、その倍くらいの肉が回りについてる」

相手への配慮だけとも思えない力の入れようで、彼女も答えた。

「わかった。覚えている印象からひとまわりくらいデブの人を見つければいいのね」

待ち合せた場所で再会を果たすのはたやすかった。初夏の雑踏の中で、慎重な彼女は大きなマスクをしていたから。

「あなたはマスクをしていないけど、すぐわかった。私の方へまっすぐに歩いてくるのを見て、ああ、きっと大丈夫。拒絶があっても、ちょっと腎機能が低下しても、この人は元気で生きていけるって、直感したの」

芍薬が綻びるようなふんわりした声で言われると、思わず涙ぐみそうになる。

退院後の生活、腎機能の推移、透析導入後からの経緯。投与されている薬の情報交換。医師や看護士の噂まで。一日二千CC以上の水分量を課せられている私たちは、コーヒーを飲み、紅茶を飲み、煎茶を飲み、三時間で必要量の半分をクリアーしながら、お喋りを続けた。

お茶のフルコースが終わる頃になって、彼女がこんな話をした。

「私の手術日は、十二月某日だった。献体腎移植は十二時間以内だから、私に腎臓をくれた人の命日はその前日ということになる。去年、一周忌が近づく二日前くらいから、なんだか心がざわざわして、日頃暢気な私がすごく神経質になっているのがわかった。前日は眠れなくて、ずっと仏壇の前に座っていた。ちょっと立って水を飲んでも、食事をしても、庭に出ても、気づくと涙が流れている。亡くなった方はまだ二十一歳で、お母さんは私と同じ歳だった。そんなに若いのに、ドナーカードを持っていて。交通事故にあった」

新緑の窓にはいつしか夕暮れの青い紗がかかっている。新月のようにほの白い彼女の顔に、涙がすーっと薄い線を引いた。

「手術がすんで、意識が戻るちょっと前、誰かが私をじっと見ている気がした。医者や看護師ではない。夫でもない。もっと高いとこ、そのくせ誰よりも近いとこ、肉眼では見えるはずもないほど近いところから、見つめている。そんな感じがした」

不思議な懐かしさ、せつなさの滲む声で彼女は、その誰かに訴えているように話した。

「変でしょ、こんなの。でもあなたならわかってくれる。誰かにどうしても話したいって、ずっと思ってた」

笑いも涙も、切れが大事だとよく思う。人と対話していて、きっかけになった内容や実際の表情よりもずっと、切実さや真摯さが現われてしまう。笑ったあとの束の間の虚ろ。泣いた後の、静けさと憩い。心と心が切り結んだり、ほぐれたり。その切っ先や揺曳の刹那が、肉眼で見える。

彼女の涙は草の露が先端からゆっくり落ちるように、梢がかすかな身じろぎをするように、ごく自然に彼女から離れた。


退院してまだ回復期にある時、人からこんな話をされたことがある。

「不思議なデータがあるらしいよ。大手術なんかする際に、特定の、よく患者を知っている人が治癒を一心に祈ると、誰からもそんなふうに祈られない人よりずっと回復が速やかだって。どこからでも、どんな形で、どの神仏に祈ろうと、信仰のあるなしに関わらず、祈りには力があるんだって。あなたはこんなデータ信じないでしょうけど」

私は信じた。データなんかなくても信じただろう。実際にその力こそが私を助けたのだから。

手術後の排尿は腎臓移植患者にとって、命の綱のように大事なものだ。それによって、腎機能の定着が左右されると言っていい。たくさん飲んで、たくさん出す、それが患者に課せられた最も重要な療法である。

病棟の長い廊下をふらふらしながら、昼夜を分かたずトイレに通う。点滴台が黒い影を落とし、厳冬の街を見下ろす窓の明かりを見ながら、本当に言葉どうり黙々と歩く。傷が痛んだり、息が切れたり、薬のせいで頭が朦朧としていたりする。自分がもうすっかり自分でないような。内臓がちょっと透き通ってきた脱皮しそこねた蛹のような無力感。

そんな時、誰かが祈っているような気がして、はっとすることが何度もあった。「私にはもう何もしてあげられない」と嘆いた卒寿の母であろうか。お守りをくれた友であったり、「この石は良いパワーを持っているから」とガーネットを連ねたネックレスを贈ってくれた人達であろうか。この時刻にまだ起きているジンタロウの名づけ親であろうか。

祈る力は届くものである。粛然として、私は何度その力を甘受しただろう。

手術の夜、天上の目も祈ったのではないか。自分の肉体から取り出された腎臓で生かされる人の回復を。あるいは、たった二十一歳で逝ってしまった息子の命が移植という形で引き継がれていくことを。

『花眼』No.3あとがき

二〇〇七年 三月

記憶には、獲得する、保存する、呼び出すという三つの段階があるが、もう一つ新しい段階が見つかったのだという記事を新年早々に読んだ。新たに見つかったとされる（これは多分発見ではなく学術的認知ということだろうが）四つ目の段階が「記憶を保存しなおす」ということなのだという。

学術的な証明、あるいは発見の詳細はわからないが、この記事を読んで、はっと思い出したことがある。

身体的な理由で長く病床生活を送ったことのある人は経験済みだと思うが、睡眠が目的でない病臥を強いられると、人間の頭の中には数多の記憶がいっせいに押し寄せるものだ。それは思い出すなどという悠長なものではなく、横暴とも言える勢いで繁殖し、なす術もなく横たわる病人の頭の中を易々とのっとってしまったりする。

耐え難い苦痛や睡魔に捕らわれていない場合に限るけれど、手術の待機や回復期を含めて、病人には膨大な時間が与えられる。与えられるというより、時という大海に否応もなく放り投げられてしまう。脆弱な脳と、痛手を蒙っている身体とで、その無限とも思える時間の海を泳ぎきらない限り、遠ざかった日常の岸までたどりつくことが出来ない。

昼はまだいい。カレンダーをめくり、日常が近づく計画や予定で心を紛らすことができる。血圧や体温を測らされ、点滴や検査や医師の診療、時には優しい看護士との会話などで、ありあまる時間を潰すことができる。

けれど、夜は違う。日中には着々と接近しつつあった日常が、暗闇の中では押し寄せる時間の海の、遥か向こうにまで後退してしまう。

消灯から十時間。睡眠薬というサーフボートに上手に助けられた人は別として、眠れない無力な病人は、ただただ時間の膨大さに途方に暮れる。

もともと私には眠れない夜に、年譜を作るという習性があった。勿論一応いつ睡眠状態に入ってもいいように、灯りは消し、眼鏡ははずし、徐々に意識を消す体勢に入っているので、紙やペンといった筆記用具や記録の手段があるわけではない。記憶の四つ目の段階、呼び出して保存し直すという儚い手段があるばかりだった。

遡ったり、手繰ったり、思い出せる限りの年月を頭の中で記しては、動かしたり、消したり、訂正したりを繰り返す。出会った人、状況の変化、家族の歳や、引っ越した家の回数で区切ったりもする。たった五十数年の記憶を解体し、再構築をする。もともと数字が大の苦手で暗算も覚束ないので、何度も間違う。頭の中で二桁の数字がこんがらがってほどけなくなったりする。

それでも執拗に自分の生涯を年表化しようとするのは、人生を俯瞰しようとしているのではなく、持てる限りの記憶を取り出して、更新しようとする生命力のせいなのかもしれない。

はかなく薄れかかった年譜作りに疲れてくると、頭の中にすっと、キャラメル大くらいの記憶の箱が現れる。私の数度の入院生活の場合、記憶はいつも乗り物に乗ってやってきた。それぞれのスピードで走ってきて、ふいに止まる。懐かしい小さな車輌。時には鈍行の場合もあるが、だいたいが準急か、快速くらいの速度でやってくる。それは多分その時々の病状や回復の段階と微妙に連動していたのだろう。

誰か乗っている。母であったり、家郷の風景だったりする。教室や校庭だったりする夜もある。車輌が微妙に動くと、不透明な窓をたくさんつけた、ぼんやりした車輌が見えてくる。多分まだ自意識さえ曖昧な子ども時代の記憶の箱だ。

出会った人と去っていった人が流れるようにいくつかの車両を移動する。結婚前と結婚後の車輌は連結が済んでいるのに、時々軋む。動いて、揺れる。

灰色の重そうな車輌は「病気になってから」という記憶の箱だ。窓のない貨車の形で、ずいぶん長く、まるでそのまま駅舎にでもなったように眼前に留まっている。

時には小説の中で書き損じた架空の人物たちの、淡い影に占領された膨張し続ける車輌もある。

私の記憶がいつも乗り物に乗って現れるのは、体力や能力が不足しているからに違いない。線路は見えないが記憶のレールは滑り過ぎるほどよく滑り、止まって欲しい車輌はなかなか現れてくれない。青春と言えるような、輝く車輌は全然巡ってこない。

夜によって、車輌が次々と現れることもあれば、たった一つの薄暗い箱が止まったまま、梃子でも動かない夜もある。記憶の車輌は幼年期からずっと、順序よく繋がっているのでもないらしい。まるで過去からの引き揚げ船のように、時の軌跡で見失い、去っていった人ばかりが、鈴なりになって手を振る箱もある。

どこへ行きたいのかわからない。どんな所へ運ばれていくのか、見当もつかない。長い長い夜。眠りにつく寸前に、かすかな燐光に照らされて、「この病気が治ったら」あるいは、「すっかり自由になったら」という列車らしいものが、ほんの少しだけ頭部を現す夜がある。

明け方近くまで眠れないような時は、自分の記憶の車輌だけをぐるぐると走らせることに飽いて、記憶を司る海馬が油断している刹那に、ふと私のものではない他者の記憶の箱が、間違ってこつんと連結してくれないだろうか、などと想像してみたりする。

『花眼』No. 4 あとがき
二〇〇七年 七月

初めて異変に気づいたのは、新国立劇場で『蝶々夫人』を観ている時だった。字幕を書いた垂れ幕の字が霞んで読めない。おりしも舞台では、ピンカートンが甘い声で新妻を呼んでいる。

「蝶々さん、蝶々さん」いくら読んでも虫偏の右が朧なのである。どんなにピンカートンが熱くささやこうが、蝶は虫偏にもぞもぞと留まって、いっかな羽化する気配がない。

三十年間強度の近視であり、ここ数年は老眼も加わって、コンタクトレンズと眼鏡の併用を余儀なくされていたから、私は咄嗟に「きっと右眼だけコンタクトレンズを入れ忘れたのだ」と思い込んだ。左側の垂れ幕を体を傾げて読み、十五歳にしてはいささか可憐さに欠ける蝶々さんが、恋しさを募らせながら『ある晴れた日に』を唄う声を聞いた。

右目にもきちんとコンタクトレンズが入っていることはすぐにわかった。帰宅後、裸眼で周到に確認して、左右の眼の視力の相違に愕然とした。

「ステロイド剤による視力障害。白内障か緑内障の疑いがあるので、すぐに眼科に行って検査して下さい」

腎臓外科の医師の指示で、眼科に直行した。移植をしてから二度目の春。『花眼』を始めて一年が経つ。診療を待つ間、「作品は期せずして、書き手の人生に先行する」という言葉が何度か頭をかすめた。

「白内障ですね。大分進んでいます。急激に悪化するのが、ステロイド剤の副作用の特徴です。それに」

医師は病名を告げてから、しばし間を置いて、カルテを見るふりをした。

「加齢もありますし」

私の視線を避けているらしい医師に自分から言った時、目に浮かんだのが、さっきまでいた待合室である。中年、初老、老年と平均年齢は六十歳を遥かに超す男女がひしめいていた。春休みのはずなのに、子どもの姿はほとんどない。

診察の前、視力の他にも眼底出血や眼圧、視界の歪み、欠損などの検査があった。なるほどそのはずである。見ることが即、世界の発見に直結する子どもにとって、濁りも歪みも、勿論霞むことも、目は一切無縁なのである。その後、「知」としての認識や、「運命」の介入によって世界を見る視力は矯正を余儀なくさせられる。

そして、さらにさらに「見る」ことは知覚され続け、『言葉化され、認識され続けて、子どもの時に発見した世界は、見る影もなく痛手を負い、罅や亀裂はもとより、紗がかかり、狭まり、変容を繰り返す。するともう『花眼』に至る道は意外に近いのだ。

両眼で0・01に近い視力で春を凌いだ。見るたびに、対象の大きさと重要さを計り、裸眼の左目、コンタクトの遠目、二つの眼鏡をはずしたりとったりと、煩瑣な手順を踏むことにも少し慣れた。正直に言うと、慣れたのではなく断念を強いられた。

そして改めて気づいた。見ることが、私にとって何と長い歳月倦むことのない喜悦であり、慰めであり、刺激や高揚の源となっていたか。

「ちょっと違う気がする」「何だか曖昧」「どこかがピッタリこない」

元々気の短い私はそのつど、軽い渋滞感と歯痒さを味わう。それが不断に繰り返されると、慢性的な苛立ちと、オーバーな言い方をすればある種の失墜感に浸されてしまう。悔し紛れに「私は本当に頭が悪くなった」を連発して、周囲の失笑をかった。

春の季語である朧も霞も充分に味わった後、手術日を決めるために再び眼科の診療を受けた。

「左目も白内障の兆候がでてきましたね。眩しくないですか」

医師の言葉に憮然として答えた。

「眩しいのは、じき夏だからだと思ってました。かすれたり、ぼおっとしたりだけではなく、眩しくてじっと見ることもできないとしたら、視力に応じて私の感度はますます鈍くなり、能力がどんどん落ちますすね」

嘆息とも幼稚な質問ともとれる患者の言葉に、医師は丁寧に答えた。

「頭脳には直接関係ないと思います。集中力や直感の衰えは、視力の低下が主な原因ではなく、個人的なことです。それに」

気弱げな笑みを浮かべて、再び医師はカルテを見るふりをして、視線を逸らした。

「加齢もありますからね」と今度は私は助け船をださなかった。

ステロイド剤の減るのを待って、八月の初めに手術ということに決まった。

青葉闇と風光るという季語が身にしみる六月の初め、『蝶々夫人』から三ヵ月後、同じ新国立劇場で、『薔薇の騎士』を観た。

若い愛人との別れを予感して、元帥夫人は哀切な情感をこめて唄う。

「時は私の内にも周囲にも、流れてやまない。一時もとどまることがない。それでも私は時を怖れない。なぜならば、時間もまた神様がお創りになったものだから」と。

しかし私は時を怖れる。怖れずにはいられない。休むことなくすべて変容させ、衰退と消滅に向かって流れる時間が、怖くてたまらない。

病みは貧しい者の旅であるという言葉を聞いたことがある。確かに病人というのは二つの世界を不断に往来することを強いられる。苦痛と鎮痛。不安と安堵。拘束と開放。日常において、二つの世界を常に往来することもまた旅の一種と言えなくもない。移植後、長い旅から帰ってほっとしたのも束の間、今度は新たな「老い」という病みへの長い旅が待ち受けている。

不安でないはずがない。心安らかに、意気軒昂に、旅発つことなど不可能だ。まして今度の旅は往来ではないと知れているのだから。

霞む、歪む、欠損する。不完全な視力で、私は「加齢」という新たな旅を仔細に記すことになるだろう。それが幸いにも四号で始末記とならなかった『花眼』の新しい目的のような気がしている。

『花眼』No.5あとがき

二〇〇七年 十二月

透析中には叶わなかった念願の旅を今年は三度した。いづれも旅と呼ぶには大仰なほどの、三泊四日や、二泊三日のささやかな行楽である。

俳句の吟行は「季語の現場に立つ」、「季感を体で味わう」という意味で作句には必須のことだという。本当に俳句を作る人はよく旅をする。ややもすると、物見遊山という言葉が口をついて出るほどに、しょっちゅう出歩いている。実際に見たもの、手で触れ、味わったもの、時間や場所のもつ雰囲気や磁場や気配を体感して、俳句という形で表現する修練を積むのだろう。が実際はその逆の経路を取ることも多い。つまり表現しようとして、改めて現場の感動や発見を見出すということである。まわりくどい言い方になったけれど、「百聞は一見にしかず」をこの二つの往復で味わうということらしい。

虚構の世界を構築していく際の、最も大きな原動力が想像力である小説とは、少し様子が違う。小説の場合は寧ろ現実や事実ではない、錯誤や勝手な思い込みなどが、虚構の世界を豊かにする場合も多いのではないか、とずっと思っていた。

十数年ぶりに気儘に旅をして、私は自分の長い間の思い込みを修正せざるを得なかった。俳人の言うところの「季感の現場に立つ」ということとは少しずれるかもしれないが、確かに現場には圧倒的な力がある。

「文学の深さは自分との対話がどれだけ深いかによって決まる」ということを聞いたことがある。旅は人を雑駁な日常生活から解放して、自分との対話をより速やかに、自然に深化させてくれるのである。風景も人も、時間すらも、「現場の力」に想像を超えた関与をして、「自分との対話」を実現させてくれる。

旅を味わうということは、そんなふうに機能する想像力を楽しむということなのかもしれない。

三回の旅では数十句と、数枚のメモが残った。後から読み返すと、それは旅の途上にあり、「現場の力」がなければ、当然発見することも、閃くこともなかった想念であり、物語の派生であったと思わざるを得ない。

このことに関連して、私がもうひとつ遅ればせながら気づいたことは「表記の力」ということだった。

現場の力が発揮されて、想像力に思いがけない影響を与えたとしても、「表記」されなければ、それは瞬く間に旅情というムードとして霧散してしまうからだ。

以前に専ら抽象画を描く画家に「この色彩とフォルムは一体いつ、どこで、どんな経路で頭にやってくるのか」と幼稚な質問をしたことがある。画家の描いている形象は少なくとも写実や描写の結果として生まれるものとは到底見えなかった。現実の物象の極端なデフォルメや、ある種の心象風景でないことも明らかだった。

画家はちょっと決まり悪そうに笑った。

「よくわからないなあ。絵描きは言葉みたいに見えない、触れないもので作るんじゃないから、筆で線を描いたり、絵の具を塗ったり。マテリアルをいじっているうちに、いつの間にか描きだしているんだ」

表記の力は、この時画家が言った「マテリアルをいじっているうちに、描きだしている」という行為に似ているのではないか、というのが、「現場の力」を思い知った私の、もう一つの発見だった。

俳句というのは、たった十七文字からなるので、拾った素材や思いついたフレーズを覚えておいたり、言葉を諳んじて組み立てるという作り方が比較的可能である。キャッチコピーを作るように、閃いたものがそのまま俳句になっているという達人も多い。しかし私などはやはり言葉を書いては消し、消したものを再び順序や助詞を変えて用いて、つまりいじっているうちに、閃くこともやはり多いのである。バラバラだったイメージをつなぐほんの少しの加速、あるいは静止と深化。表記することによって、引き寄せられ、モティーフとして編み込む位置が定まるという経験を積み重ねて、やっと十七の言葉がまがりなりにも姿を顕す。

少女時代、まだ私が感じたことや思ったことを言葉化し、表記し、あまつさえそれを「作品」にするということなど気づきもしなかった頃、母親によく「下手な考え休むに似たり」と言われた。ぼんやりと、漠然と、あるいは鬱々と、心ここにないような娘は、傍から見たら「下手な考え」に取り囲まれているように見えたに違いない。「下手な考え」に耽っていた娘が、自分の思いを「喋る」というてっとり早い方法で表す楽しさを発見するのに、時間はかからなかった。聞いてくれる相手さえいれば、それは気儘で、簡便で安易で、なおかつ刺激的な表現方法だった。

お喋りの後の徒労感と物足らなさを感じ始めたのはいつ頃だったろう。自分の中に会話だけではどうにも表しきれないものがあるらしい。どんなに上手に言えても、相手からどんな共感を得ても、その時の気分だけで散逸して跡形もないという空疎感に捕らわれるようになったのは。

問題は相手や状況にあるのではなく、「喋る」という行為にあるのではないか。私はやっと「書く」という行為によって、自分自身とのたどたどしい会話を始めた。

現代において隆盛を極める携帯メールは「お喋り」と「表記」の幸福な結合である か、というと、私は全く逆の現象のような気がする。対話の生む高揚も言葉のキャッチボールが生み出す刺激もなく、また言葉を表記することによって生成される思念の深化もない。

他者との会話未満。現場の力は勿論、表記の力に嘉することもなく、自分との対話からも巧妙に遠ざかっているように思えるけれど、どうなのだろうか。

『花眼』No. 6 あとがき
二〇〇八年 五月

二年前の六月に『花眼』一号を上梓した。腎臓の移植手術をしてから一年半が過ぎていた。手術は成功しても、薬の副作用や拒絶反応などで、私の不安は尽きることがなかった。

落花止まず日常は水の下

『花眼』一号の俳句の冒頭には、当時の心境を表す句が記されている。

その後も帯状庖疹や白内障などのアクシデントはあったものの、ジンタロウは無事に乗りきり、『花眼』は六号を数え、私は手術後四回目の桜の季節を迎えることが出来た。

開花宣言から十日前後の花見期間に、今年はずいぶんあちこちで桜を見たので、花見日記など書いてみたくなった。

「桜のトンネルに行こう」と一回目の花見の誘いは赤羽に住む友だちからだった。

陽射しは暖かくても、まだ裸木の目立つ待ち合わせ場所に着いて、「ほんの咲き初めね」と言うと、「あなたを待っている間にもう二分は咲いた」と友だちは笑った。

その二分咲きを探しながら、のんびりと桜の並木道を散策する。

「桜のトンネルの上に病院と併設している老人施設があるのよ。とっても評判がいいから、将来のために見学に行こう」

十一歳年上の彼女の提案で、桜のトンネルの側道から緩い斜面を上ると、なるほど豊かな自然の中に展望のいい施設が建っている。

「古いホテルか、瀟洒な保養所って感じね」

「喫茶店やレストランもあって、医療体制も万全らしい。私がここに入ったら、ちょくちょく来てね。全室オーシャンビューならぬ、オーシャンチェリーよ」

私たちはお花見らしい暢気な会話をして、施設のまわりをゆっくり歩いた。手入れの行き届いた芝生、ゆったりしたテラス、日当たりのいい窓。春のうららかな陽射しの中で、どこにも苦悶や病みや衰弱のかけらも感じられない。

桜が満開になれば、ここはきっと完璧なまでの明るさと静寂を保ったまま、花の雲の中に封じ込められてしまうに違いない。

二分咲きの桜と老人ホーム見学の花見から三日後、家人と新宿御苑に出かけた。四月下旬の暖かさが続き、桜はもう一挙に七分、人出は九分に近いピークを迎えている。

「すごいねえ。ほとんど満開」、「あっちの枝垂れはまだ蕾」とはしゃぐ私を尻目に、彼が見惚れたり、足を止めたりするのは決まって、老木の洞であったり、倒れた朽ち木の側だったり、怪しくうねる地上根だったりする。

唯一、二人一緒に感嘆の声をあげたのは日本庭園にある花期の終わった白木蓮の木だった。首をぐるりと巡らしても足りないほどの大樹の周りは、一面の散花である。その降り積もった鞣革のような花びらを容赦なく踏みしめて、花見客が行き過ぎる。

「来年は桜の咲く前に、この白木蓮にだけ会いにこよう」

宴の後に脱ぎ捨てられた幾百組もの手袋にも似た花びらに埋まって、白木蓮は王のような威厳を持って、花見に浮かれる人々を睥睨《へいげい》して立っている。

花冷えの夜と、花散らしの風が吹いた数日後、再びお花見の機会に恵まれた。

駒込界隈に長く住む人が、『染井霊園』に案内してくれたのだ。花曇りの静かな町を三十分も歩いただろうか。染井吉野発生の地だという広い霊園は、最近の分譲霊園のようなセメントの照り返しと園芸種の花壇の賑やかさはなく、年ふりた樹木の間にゆったりと墓地が広がっている。踏み固められた土の上に花びらがモザイクとなって散り、墓石や塔婆でさえこの自然な景色に溶け込んでいるように見える。

二葉亭四迷、芥川龍之介、谷崎潤一郎、水原秋桜子、などといった文豪俳人の墓の前で短い黙祷をする。どの墓石も主の人格そのもののように思えてくるから不思議だ。

「満開を過ぎているのに、他の桜より何となく色が濃いような気がする」

「そのはずよ。こんなにたくさんの魂の濃そうな人が眠っているんだもの」

私たちは故人の消息の一片のような花びらを肩や背中に止まらせたまま、「桜の樹の下には屍体が埋まっている」（梶井基次郎）という有名な言葉を思い出しつつ、墓参りの梯子をした。

桜前線はゆっくりと北上を続け、東京の春は闌けていく。

私の故郷の北関東では都内より桜が七日は遅い。都心の桜がほとんど葉桜になった頃、九十四歳になる母の見舞いも兼ねて、郷里に帰った。

桜は都内より遅いけれど、芽吹きはほぼ足並みを揃えるので、故郷の山はすでに笑う寸前のくすぐったいように淡い緑と薄紅とでもやっている。車窓からは、家々の庭に咲く花々の桃色や白や黄色が吹きこぼれるのが見える。土手には花大根や蒲公英が咲き揃い、遠くの川岸では柳が緑色の絹糸を垂らしている。

車窓を流れる景色は、記憶の出現する速度によく似ている。あっという間に近づいて、分け入って溶け、待機していたつもりでも、受け止める間もなく過ぎる。喚起され、出現し、貫いたまま、消滅する。速度のもたらす酔いは、めまぐるしい覚醒に似ているのかもしれない。

故郷の花見は記憶のパレードと共に、私の体内を通過して、過ぎる。

花疲れの休日を挟んで、俳句仲間から枝垂れで有名な寺に吟行の誘いを受けた。普段は入り口さえ見失いがちな幹線道路沿いの境内が、枝垂桜の季節には交通整理や、桜饅頭の出店が出るほどの賑わいである。

枝垂桜が三重にも四重にも重なる境内で、若い夫婦が幼稚園児らしい子どもと乳飲み子を抱えて記念撮影をしているのを見かねた彼女が、シャッターを押す役を買って出た。

「桜はほんとに一期一会だから、きっといい記念写真になりますよ」

デジタルカメラの中にも、二〇〇八年四月四日の花の闇は映っているだろうか。生後二ヵ月と、四歳の子どもの記念写真に、一期一会の桜吹雪は、どのように舞っているのだろう。

春宵の喫茶店でした俄か句会の成績は二人とも余りぱっとしなかった。

逆光の家族写真に飛花あまた　　陽子

『花眼』No.7あとがき

二〇〇八年十一月

身体に予兆はなかったけれど、心にはあった。あったような気がする。草莽を分けて野分けの風が吹くと、心がわずかに傾いで急いた。

「手術をしてからもうじき四年になるね」

腎臓移植をしてくれた医師は、時おり思い出したように手術後の年月を確認する。

「ハイ!」と私の中でジンタロウが、名を読み上げられた子どものような返事をする。

しかし、いつものように検査結果を示すパソコン画面を見た途端、医師は急に緊張した面持ちになった。

移植した腎臓の機能を示すクレアチニンが、手術後最も悪い結果を示していた。

「多分拒絶だね。しばらく様子を見るっていう数値じゃあない。今日から点滴でステロイドを投入しよう。入院の方がいいけど。毎日通院できるならそれでもいいよ」

こうして移植から三年九ヵ月で、二度目の拒絶反応に対する治療が開始された。

カーテンで区切られた処置室のベッドで、あるいは緊急外来の個室で点滴を受けながら、いろいろなことを思い出したり、考えたりした。こんなふうに外的な力で否応もなく身体の自由を奪われると、途端に活発に動き出す脳というものはどんな仕組みになっているのだろう。自ら「病気のデパート」と称した吉行淳之介の鮮やかな短編群など思い出すたびに、病人の想像力の鮮烈で貪欲な力について考えさせられてしまう。

点滴される一滴一滴を、想像力の原液のように、あるいは物語に定着する媒染液のように、避けようもなく見つめ、受け止める。ぽとり、ぽとり。ぼんやりと点滴液を見つめていると、長い病歴のシーンが胸に滴ってくる。

混乱と不安が収斂して、病状の輪郭が顕われてくる瞬間。苦痛が凪ぎ、緊張が徐々に潤《ほと》びて、悔しさにうっすらと諦観の膜が出来る。苛立ちと焦りの水泡が連なって、血管が詰まりそうな気がしたりする。最初から最後まで激痛が治まらず、呻き声を殺すことに腐心した日。癒されていく安堵の中で静かに瞑目した記憶もないわけではない。

ステロイドの点滴がワンクール終っても、数値ははかばかしい回復を見せず、一泊二日入院して、生検をすることになった。

腎臓の生険は四度目になる。最初は三十年前で、その際はうつ伏せのまま十二時間絶対安静だった。その後検査は極めて簡便になり、麻酔も局部で、安静も六時間と短縮された。まして移植後の腎臓は仰臥の固定で済む。

同室の患者に、一週間前に移植をした同年輩のドナーとレシピエントがいた。術後は順調らしく、二人とも青森の方言を交えて、楽しそうに農作業の話をする。姉妹だとばかり思っていたけれど、聞けば義理の仲だという。

「うちらのとこは雪が深いからねえ、歳とると透析に通うのはえらいからさ。適合検査して、義妹に腎臓がやれるとわかった時にゃあ、嬉しかったよー」

退院したら透析の不自由から開放されて、存分に仕事が出来る。まだ畑に残った西瓜は諦めるとしても、芋掘りには間に合う。寒くなる前に一年分の漬物の準備も始められる。

まるで和製カレルチャペックのような畑自慢、園芸自慢を聞きながら、私は三年九ヵ月前にジンタロウが来た手術前後のことなどを思い出していた。再生と復活、失われた時間と顕われた時間といった想念が、疲弊した頭の周りを到底手に負えない煩しさで飛び回っていた。それに比べると大地と自然にじかに向き合う人たちの、何と健やかで逞しいことか。

生険後の病理の結果は「慢性拒絶による腎不全になる可能性を否定できない」という悲観的なものだった。免疫抑制剤が増量され、ステロイドフリーになる可能性はほぼなくなった。まだ数ヵ月は手術直後に近いマスク生活が続く。一時のムーンフェイスはひとまわり縮小したものの、油断すると加齢による肥満になだらかに移行しそうな気配である。

しかし、治療も検査も一通り終わってみれば、まだまだジンタロウが健気に果敢に働いている。

しかしそれは一般に言うところの闘病とは微妙に異なるのである。闘った結果が治癒や根治をもたらさない。もともと移植という選択肢が、透析という不自由からリスクの少ないもう一つの不自由に移行することを意味するのだ。病みと闘うというより、むしろ闘うことを上手にはぐらかして、最良の位置にさりげなくほおっておくような有り様がふさわしいと言えるのかもしれない。

通院と治療に明け暮れていた一ヵ月が終わると、夏と秋の行き会いの雲が流れていた季節は過ぎて、すっかり秋は定まっていた。湿潤なこの国では美しい季節の前には決まってそれぞれの名を持つ雨の門があるが、秋霖《しゅうりん》という門も知らぬ間に通過していたらしい。空気は澄みに澄み、草紅葉は輝き、薄《すすき》も風も白い。じきに山から里に錦繍《きんしゅう》は駈け下って、秋は果てるのだろう。

やっとぎりぎり間に合ったという思いとともに、「今生は病む生なりき烏頭《とりかぶと》」という石田波郷の句をつい思い出してしまうこの頃である。

『花眼』No.8あとがき
二〇〇九年 六月

ずいぶん以前のことになるが、主婦作家（なんという古びた陳腐な呼称であることか）という言葉が巷に溢れていた頃、私に更にもう一つの別の言い方をした人がいた。「ベランダ作家」というのである。小説に出てくる外界はベランダから見える風景程度という意味らしい。別に心外ではなかった。言い得て妙だとさえ思った。

家庭内のわずかな人間関係、ベランダから見える程度の世間であったり、社会であったり、狭い行動範囲に限定された物語。ほとんどが主人公の内部で醸す妄想や記憶の再生によって構築された虚構の世界。

自ずから内容も量も限られている。それは最初から覚悟していた。私は寧ろ「ベランダ作家」を目指して書き始めたと言っていいくらいだった。

「日記に天気のことやニュースの切れ端や、読んだ小説の感想を細々と書いていて、ふいに現実では起きなかった事件や、知らない人の話が胸に湧いてくる。あれっ、これは私のことじゃない。と感じる程度の思いつきで、日記の後ろ側から物語らしいものを書きだすんです」

小説を書き始めた発端をそんなふうに編集者に打ち明けた記憶がある。

「最近では、現実の日記より、小説の分量が段々多くなって、日記の続きを書こうとしたら、小説の主人公の話が後ろ側から迫っていて慌てることもありますねえ」

そんな長閑な話しをしたのは小説を書き続けて三年くらい経った頃だろうか。相変わらず成長しないこと著しいものである。

それから長い歳月が流れ去り、最近では滅多に日記を書かない。日記を書く代わりに俳句を作る。と言ったら、どんな大量の俳句を作っているのかと思われるだろうが、実はそれほどの数でもないし、ご存知の通り質も伴わない。つまり日記は書かない、俳句も少ない。ただ単に実作が減って、日常は痩せて無為に流れる時間ばかりがどんどん増している現状なのだ。

ただ無為に流れている生活の周辺に「虚構としての言葉」の切れ端がいつもある。日常の中の異分子としてではなく、花の名や料理や挨拶のような身近な言語の粒子として、生活に紛れ込んでいる。

そうした状態こそ二十年前「主婦作家」で「ベランダ作家」で、それが短編小説しか書けない自分の体質、と思いこんでいた頃とわずかに変わったことと言えるかもしれない。

日常の諸事の中から虚構を取り除けていた長い間、書くことと生活することには、どうしてもある一定の距離と断絶が必要だった。当時、現実の生活と虚構の世界との変換スイッチの役目をしていた日記があまり用をなさなくなった所以である。

俳句による「嘘」は散文の「虚構」とは違う。季感によって呼び覚まされたイメージの連鎖は抽象的な観念やテーマを表さない。描写は伏線でも序章でもなく、そのままストーリーに直結する場合すらある。たった十七文字だからこそ、散文では決して無視することの出来ない時系列からもなんら束縛を受けず、時には言葉の整合性さえ問わないという自由を得ている。

句との出会いは、粘土のように私の言葉による表現力を捏ね直したと言えるのかもしれない。それは実験であり、模倣であり、新しい遊びでもある。小説同様、言葉による表現でありながら、散文では味わえない発見や達成感や開放感に満ちている。

しかしまた小説とは比較にならない創作の短さが、逆に多くの呪縛や疑念や消化不良をもたらすことも少しづつ身に染みてきた。時代や背景の枠を設定し、登場人物を生かし、心理と描写を縦糸にしたり、横糸に織り込んだりして、ストーリーを少しづつ進ませていく小説と違って、象徴も比喩も一瞬にして完結させる句は、イメージと言葉との間にのっぴきならない緊張感と必然性が作品の要となってくる。

写実だけで、ただ置かれただけのような句にも、永遠に抵触する静謐が備わっていたり、ある角度から見ると、全くナンセンスとしか解されないイメージのアクロバットに真実の啓示が含まれていたりする。

作句による言葉の鍛え方は散文のそれとは違うことも多い。が素振りを繰り返すことによって良きフォームを得ることはなくても、句を作る日常が表現の違う筋肉を鍛えるということはあるような気もしている。

体力があってもなくても俳句を作ろうとする。歩いていても、料理をしていても、テレビを見ながら、新聞を読んでいても句が浮かべばノートを引き寄せて書く。小説のように別の人格に移行して、居る場所も今の状況も全く感知しない、という状態ではない。寧ろ逆に、窓を見たり、歩きまわったり、お茶を飲みながら、言葉の周りでうろうろしている。

句を作ることは、日常生活の中で「書く時間」を取り除け、隔絶させる必要がない。季語というのは生活の中のありふれたドアの取っ手のようなもので、気楽に掴めば、すぐに言語表現の中心に踏み出すことができる。

作っては捨て、すくってはこぼし、着ては脱ぎ、口にしては咀嚼し、食べ残したままのフレーズやイメージの残滓に囲まれている。作句に至らなくても、「虚」の片々があちこちに散在している。

「なあんだ。ベランダ作家が台所俳句を作り始めただけじゃないの」という揶揄がどこからか聞こえてくる気がしないでもない。

何と言われようと、今はただ大好きな飯島晴子の句を呟いては、もっぱらの励みにしている。

ほんだはら潰し尽してからなら退く

『花眼』No.9あとがき

二〇一〇年 三月

どんな書物にでも、冊子にでも「あとがき」の目的と効用がある。作品に感動したり、あるいは作品を通して著者に猛烈に興味が湧いたり、作中にどうしても腑に落ちないことがあって、何か手がかりか、解明の糸口が欲しいと思った時なども、「あとがき」は読者にとって頼もしい手引きであり、関心の尽きないものである。「なるほど」と納得したり、「そんなはずはない」と読み返したりすることで、一層作品に対する感情の仮託が深くなったりもする。

読書中、どの時点で「あとがき」を読むかということは、私にとって作品や作家に入れ込む指標のひとつでもある。評価（そんな大層なものではないが）が定まったり、ごく稀ではあるけれど、途中で読むのを断念するきっかけになることさえある。だから「あとがき」を読む順序は単に好物を真っ先に食べるか、好物だからこそ最後までじっと我慢して食べずにいるというのとは少し様子が違う。

それなのに、実を言うと私は「あとがき」に対してある種の違和感をずっと持ち続けてきた。前述と矛盾するかもしれないが、必ず読むことは読むけれど「あとがき」

などなくても、作品だけで十分満足出来ると内心では思っているのだ。

これには読書人としての積年の恨みのようなものが深く係わっている。つまり、私が「すっごく良かった。すぐにはなぜ良かったのか。どうしてこの作品がすごいのか。他のどんな作品とも全く違う素晴らしさをもっているのかと言うことも、書くこともできないけれど、とにかく私はこの本をもっともっと読み続けたい」と思う本に限って「あとがき」があったためしがないのだ。

勿論稀にはある。私はそれを個人的な「読書の褒賞」のように熱心に読むけれど、そんな場合ですら素直に「よかった。あとがきがあって」とは余り思わない。自分の想像力の貧困と、凡庸な鑑賞力を棚にあげて言わせてもらえば、読後に自分を支配していた未知で無限な感動とは、味や香りの微妙に異なった飲み物をちょっぴり飲まされてしまったような悔いとも失意ともつかないものを感じてしまうことが多いのだ。場合によっては、あろうことか「作品」に対する感動が少々褪せたように感じられる時すらある。

虚構というものは、虚構のまま一旦霧散すればいいのだ。奔馬が砂塵の彼方に消え失せるように、後にはわけもわからない興奮と、昂揚と、混乱が残される。何が加えられ、何が失われたのかも判然としない。麻酔と覚醒という正反対のものに攪拌されていた数時間。あるいは数日。自分の内部にとても親しいけれど、得体のしれないものが棲んでいた気さえする。

読書だけがもたらすことのできるその不思議な体験を、例え作者であろうと、著名な評論家であろうと勝手に収拾したり、評価したり、解説して欲しくはない。「種明かし」よろしく作品の所以を付け加えることはもとより、後日譚めいた回顧などもっての他である。

我ながらなんと狭量な読者だろうと思う。狭量な読者が、個人誌など始めて、すでに四年になる。当初は一年に三冊くらいと決めていたにも拘らず、それが達成できたのは一年目だけで、二年目は四号、五号の二冊。三年目もやはり一年で二冊。昨年に至っては、ついに八号のみという不甲斐ない結果になってしまった。言い訳はある。（それは常にある。どんな場合でも、いくらでも思いつくので言い訳だとわかるほどに）

言い訳の言い訳を言って、恥の上塗りをしてもしょうがないけれど、失速し始めた五号あたりから、個人誌というものの限界や出し続ける意義について、当初は全く思いもかけなかった挫折感や疑問が幾重にも纏いつくようになってしまった。慢性的な失意は元々怠惰な性情を助長させて、なし崩しに終りにしても、誰に言い訳を言う必要もないという開き直りさえ閃いたりした。

六号を出してから、そんな状態は顕著になって、発刊に至った決意や、経緯も色褪せてきていた。それなのに、どうにか続けてこられたのは、ゲストとして依頼した作家への敬意と、寄稿された作品の力が大きかった。それらは意気地のない私に代わって、主力モーターとなる勢いで逼塞状態の『花眼』のエンジンを少しづつ、確実に暖めてくれた。

ゲストの作品の力ともう一つの有力なエネルギー源は読者からの「感想と鑑賞」の手紙だった。励ましや身に余る褒賞の言葉だけではない。時折よせられる書信は、手当てという言葉にふさわしい時期と的確さで、疲弊しがちな私の心身に思いがけないほどの治癒力をもたらした。

小説を読んでくれた読者からの感想や鑑賞がなぜこれほど書き手にとって力になるのか、と考える時、いくたびも河野多恵子が『小説の秘密をめぐる十二章』の中で、書き続ける目的について「精神的種族の保存拡大」と言っていたことを思いだした。

個人の「自分だけの、自分しかわからないはずの物語」を書きながら、その目的が不特定多数の理解者、言い換えれば精神的同一の血族を求めてなされるのだということが、読者からの手紙を読むたびに胸に沁みた。共感や理解の言葉は深い滋味となって、「どんなにささやかな作品でも、たった一人だけでも理解してくれる人がまだいるかもしれない」という望みを繋ぐよすがとなった。

精神的種族、血族の確認などというように大仰だけれど、虚構の世界であるにも拘らず、読者はそれを真の意味で「私も経験したのでわかる」と言ってくれる。

物語というのは記憶（個人的、社会的、時代的、読書体験なども含めて）を様々な方法で組成し直すことなのかもしれない。

俳句では自注自解を厳しく戒めるけれど、それは詩形が極端に短いことと深く関わっている。たった十七文字で「わかる人には余すことなくわかる」という読者への信頼と同時に、例え鑑賞の仕方が作者のそれとどれほど隔たったものであろうと、読む人の幸福な錯誤を邪魔する権利は作者にもない、という潔さである。

自注自解を戒める心は十分あるし、くどくどと披露してきた「あとがき」に対するこだわりがあるにも拘らず、個人誌に長々とこのような文章を載せるのは、四年間読み続けてくれた読者と、ささやかな冊子の主力モーターとなってくれた寄稿者への深い感謝の気持ち以外にはない。

『花眼』にあとがきがあってよかった。この欄がなかったら、私の気持ちをどう伝えたら、何に託したらいいかわからずに途方にくれただろう、と狭量な作者は実は心底ほっとしている。

『花眼』No.10 あとがき

二〇一一年 四月

今号で『菜飯屋春秋』は終わりです。一号から十号まで、五年に渡る連載を読んで頂き、本当に有難うございました。連載は私が私誌を作ろうと決めた時から計画していたことでした。正確に言えば、『菜飯屋春秋』という作品そのものが、私誌創刊の契機の一つだったと言えるかもしれません。

創刊号のあとがきで書いたとうり、六年前の腎臓移植手術が具体的なきっかけですが、自分が手術後の定まらない生活の中で、新たな一歩の杖とも指針ともしたのが、「夏子という女をどうにか生かしてあげたい」という思いでした。

夏子の春秋は、これからの自分の春秋であり、「菜飯屋」というもう一つの家は、私にとって新しい冒険の架空の住居でもあったのです。

例えまだ未知の物語であっても、虚構の成立というのは書き手にとっては、性急ともいえる切実な必然性を伴うものです。当時私は「夏子」という主人公をどうにか生かすことによってだけ、移植後の暮しや、続いていく時間をもう一度組成し直すことができるかもしれないという、切迫した思いに捕われていました。

自分は今、ここにいるのに、それをどのように認容していいかわからないという不安感は手術直後から執拗に続いて、なかなか消えませんでした。それは表現者として、以前からあった思念やイメージを十分に言葉化できないという自信のなさとは全く異質の、言葉はもう全く用をなさなくなるかもしれないという、かつて味わったことのない無力感でした。
移植前には想像もしていなかった薬の副作用や苦痛といった具体的な支障は治癒や回復の結果がわかりやすい分、むしろ不安感を忘れさせ、鼓舞する一面もありました。また療養時には改めて「私」という個と、過ぎ去った時間を眺望する瀞《とろ》や中州のような場所を提供してもくれたのです。
一定期間日常生活から切り離される闘病生活や、手術という人為的な処置がすべて、肉体と精神の深刻な乖離や断絶感を生むものだとは限りません。私の長引く不安感や、覚束なさの正体が「移植」という特別な手術であったせいかもしれないと考えた時期もあります
最近、本を読んでいて初めて魂魄という言葉に出会いました。魂魄とは精神の内奥にある魂というだけではなく、肉体に宿る魂をも含む言葉と知って、ふいにある出来事が思い出されました。

移植してやっと回復の兆しが見えだした一週間後、手術したばかりの腎臓周辺から深刻な出血が始まって、再手術になった時のことです。

手術室の入り口にまだ若い看護生が二人待機していて、そのうちの一人が、着替えを手伝うために背後にまわった途端、私の背中を見て「あっ」と驚きの声をあげ、慌てて目を逸らしたのです。

「どうしたの。私の背中に何かあるの」

患者の質問を遮るように、もう一人の看護生が動揺した素振りで「いえ。申し訳ありません」と深々と頭を下げました。

手術は無事終了し、回復は再手術後の方が迅速に進みました。その安堵もあって、私は夫に「私の背中、何かあるの」とやっと尋ねる勇気が出たのです。

「あれね。僕も最初は驚いて、医者に聞いた。手術が長びいて出血も多かったし、身体を動かすことが出来なかったから、内出血が背中に回って、皮膚を透かして赤黒く痣のように残るんだって。しばらくすれば、跡形もなく消えるし、何の問題もないけど、知らない人はちょっとしたショックを受けるかもしれない。患者には知らせない方がいいって言われたんだ」

私はまだ背中を確認するほど自由に身体を動かせなかったけれど、彼の説明に納得し、それ以上の懸念は抱きませんでした。むしろ、痛ましいほど動揺した看護生に気の毒なことをしたと思ったくらいです。

魂魄という言葉を知った時、手術後数日間私が刺青のように背負っていたであろう内出血の形に改めて興味を持ちました。勿論その束の間出現した痣が、肉体に宿る魂の顕現であったなどという強引な解釈をしたわけではないのですが、あの時、多少無理をしてでも背中の内出血の痕を見ておけばよかったと、強く思ったのです。

肉体は心の壊れやすい器であると同時に、いつかはそこから出ていくことが決まっている魂の家だといえるのかもしれません。

菜飯屋は家庭を営んでいた家を捨てなければならなかった女のもう一つのささやかな在り処、生き続けるための生業の家でもあります。

私は「夏子」という架空の人物と自分とをある時は対峙させ、ある時は混ぜ合わせたり、一体化させたりしながら、覚束ないままだった自分の全体をどうにか受容し、確認していく手段にしようとしたのかもしれません。

小説は書かれてしまえば書き手から離脱して、すぐに作者から出ていくものです。物語の中に、書き手の籠めた意図や意味は勿論、流れた時間の一欠片さえ留まってはいられない。それがどんなに稚拙で、瑕瑾の多い未熟なものであっても、書き手は「完」

としたものに立ち止ったり、遡行したり出来ません。

そんな自明の理を、私は夏子の物語に課することが最後まで出来ませんでした。つまり作者である私の「魂魄」らしきものは、いつまでも『菜飯屋春秋』に留まって、私の生と共に今後も続いていくしかないような気がするのです。

夏子が菜飯屋に帰れば、一応のサークルは閉じられ、ストーリーとしては完了することになると、方法としてはわかっていても、彼女を旅の途上のままにしたのは、そうした書き手の心情が大きく影響しています。

書き始めた時は予見すらできなかったことですが、最後に夏子が聞いた車両の連結の音は、私が『菜飯屋春秋』を書いたことによって、わずかに得られた自身の魂魄の手ごたえのようなものなのかもしれません。

表紙

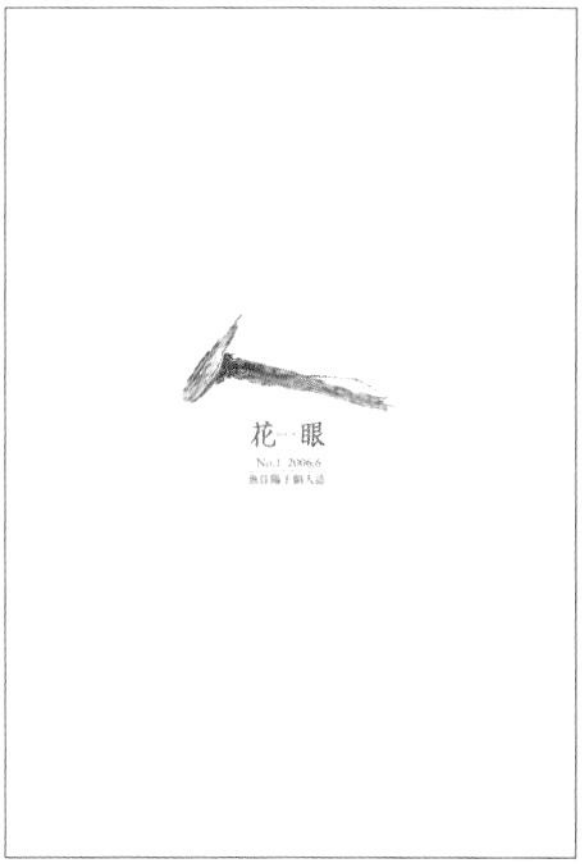

裏表紙

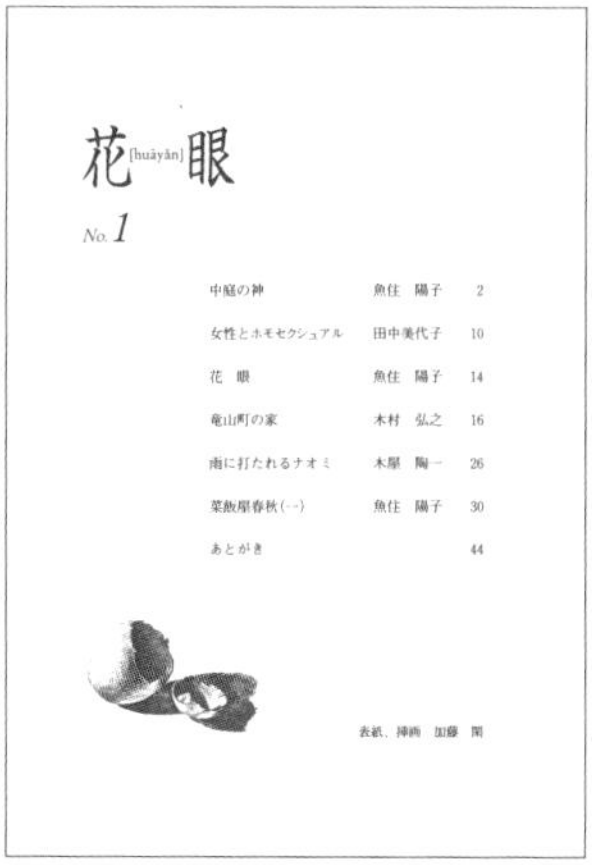

花[huāyǎn]眼

No.1

表紙、挿画　加藤　閑

目次

『花眼』No.1表紙について（加藤閑）

「花眼」一号の表紙には、今年のはじめから何枚か描いてきた「朽ちた枝」から二点を選んで使わせていただいた。

「朽ちた枝」はいわゆる「流木」とは違う。「流木」というのは、川や海に落ちた枝が波に洗われて、角のとれた独特の風合を持つに到った枝のことである。そのままオブジェとして用いたり、静物画の素材として取り入れたりするようだが、わたしはいまのところ関心を持たない。波に晒された結果、もう枝とは別のものになってしまっているように思うからだ。

一方、「朽ちた枝」は、もともとその木があった林や森で、枯葉や泥や、ときには動物の屍骸などといっしょに長い時間を経てきている。拾い上げると土塊といっしょに落葉や虫がついてくる。最初は眼にとまった一本の枝を何気なく持ち帰った。テーブルの上に置いて見つめていると、虫食いの痕や罅割れや木皮の剥がれた部分がそれぞれに風化して、何とも言えない美しさがある。

わたしは特に技巧的な絵を描いているわけではない。その分描く対象に大きく左右される。経験から言うと、対象となるものとわたしの描きたいという気持ちが一致した場合、自ずと描きかたが見えてくる。そんなときは自分にとって満足のいく作品ができることが多い。表紙に使ったのは、「朽ちた枝」を描いた最初の作品だが、これはそういう意味で気持ちよく描けた。

その後、折に触れて枝を拾うようになったが、いざ探すとなるとなかなか思ったような枝には出会わない。部屋には大小さまざまな枝が増えていく。手に持つと崩れてしまうようなものから、苔むしたもの、茸の生えたものなど多種多様だが、絵を描かないひとには決してきれいなものではない。家人はこれを「木のうんこ」と言ったが、けだし名言というべきか。

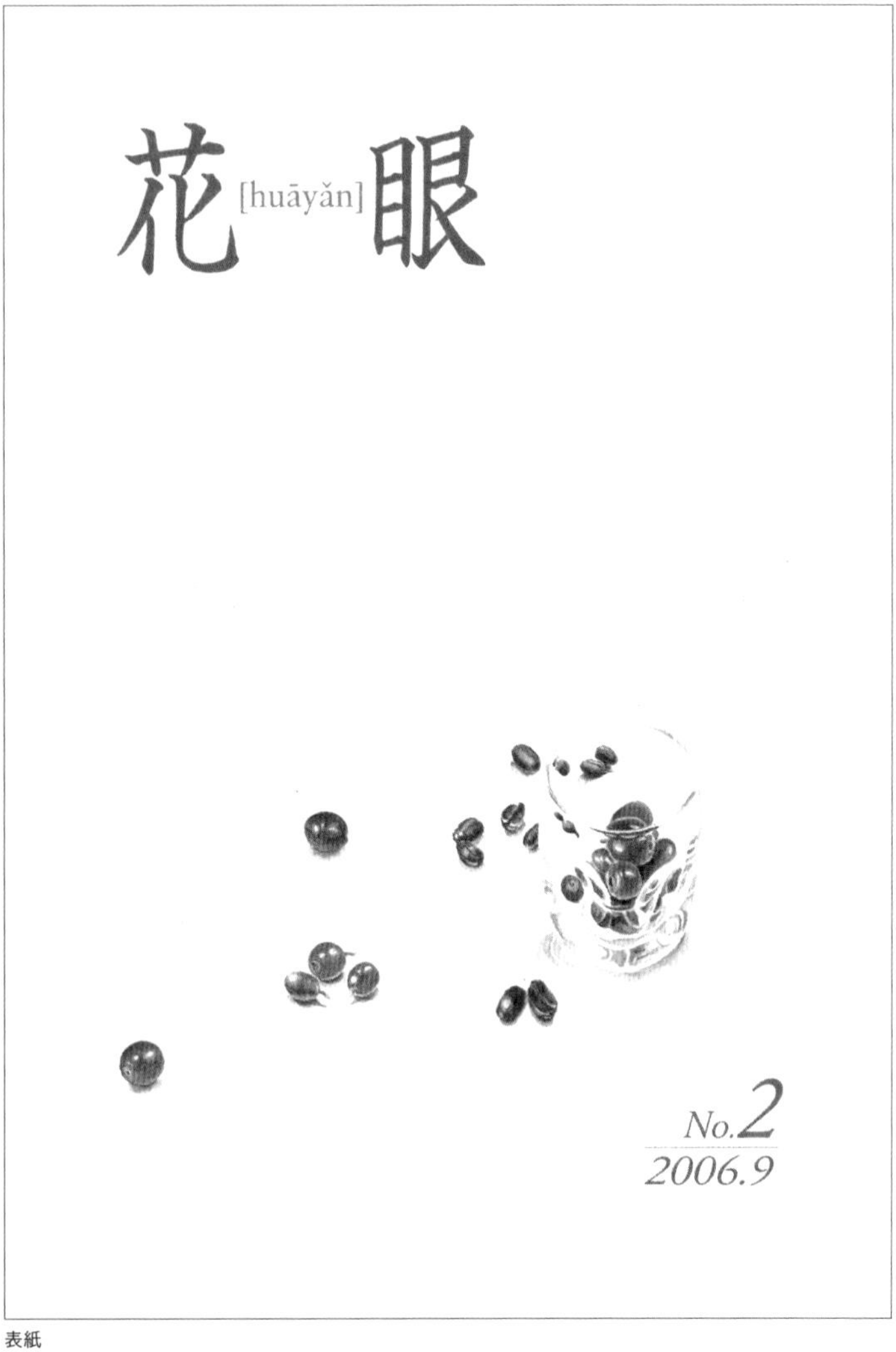

表紙

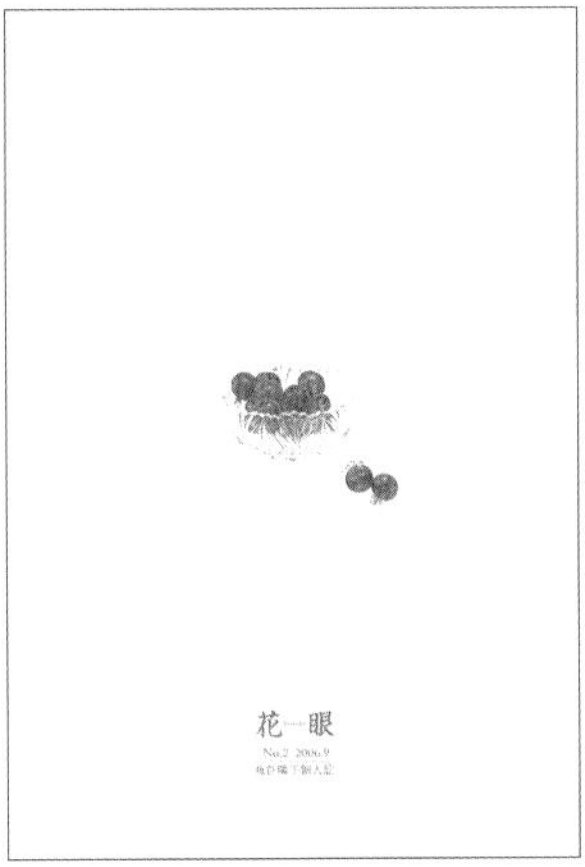

裏表紙

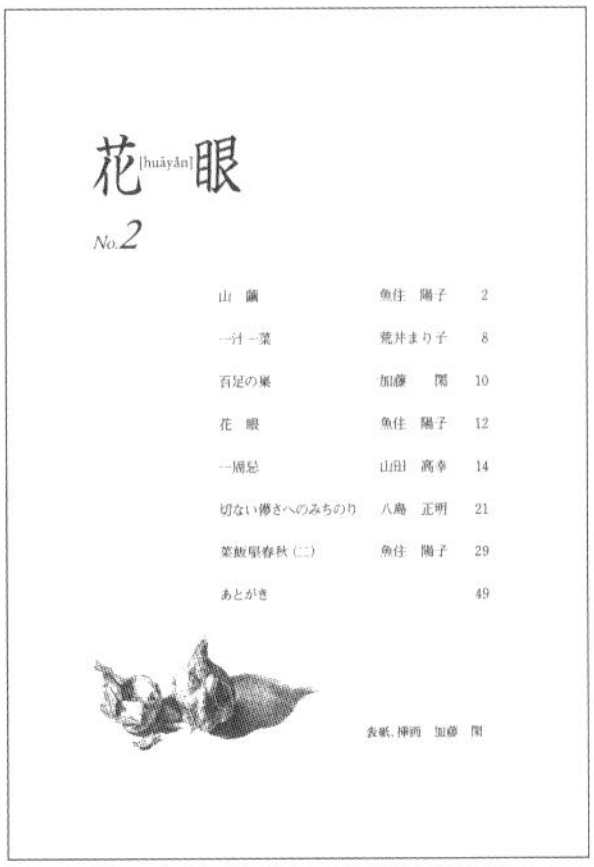

花[huāyǎn]眼

No.2

山　繭	魚住　陽子	2
一汁一菜	荒井まり子	8
百足の巣	加藤　閑	10
花　眼	魚住　陽子	12
一周忌	山田　高幸	14
切ない儚さへのみちのり	八島　正明	21
菜飯屋春秋（二）	魚住　陽子	29
あとがき		49

表紙、挿画　加藤　閑

目次

『花眼』No.2表紙について（加藤閑）

『花眼』二号の表紙には、『ガラスのコップとコーヒーの実』、裏表紙には『ガラスの器とプチトマト』と、それぞれにガラスを描いた作品を使わせていただいた。

ボードレールの『パリの憂鬱』のなかに「不都合な硝子屋」という散文詩がある。倦怠にとらわれた詩人がガラス屋めがけて鉢を落とし、背中に背負ったガラスを割るというよく知られた詩だ。ガラスを描きたいと思ったとき、まず頭をよぎったのがこの詩だった。飛散するガラスの破片。

だがわたしはガラスの輝きを直接には描いていない。グラスやガラスの器などを描いた古今の絵は、たいてい暗い背景にガラスが光るさまを強調している。ガラスは本来無色透明であるから目に見えないが、光を反射したり屈折させたりするので、わたしたちはそこにガラスがあることを知ることができる。だからわたしが「ガラスを描く」というとき、正確にはガラスに映った物体や、歪んで透過した映像を描いていることになる。紙の白さをそのまま残しているので、さらにハイライトを描き加えることはできない。わたしのガラスは光らないのだ。

梶井基次郎は「不都合な硝子屋」の背中で砕けるガラスを赤や黄や青の色ガラスとして友人に話した。かつてそれを読んで、わたしもその鮮やかさに打たれる思いだったが、今は違う。「不都合な硝子屋」で、詩人が硝子屋を色ガラスがないと言って追い返し、あえて無色のガラスに鉢を投じたのも、ガラスに乱反射する色と光を読者に想像させたかったのだろう。色ガラスではそれはできないと、詩人は知っていたに違いない。

表紙

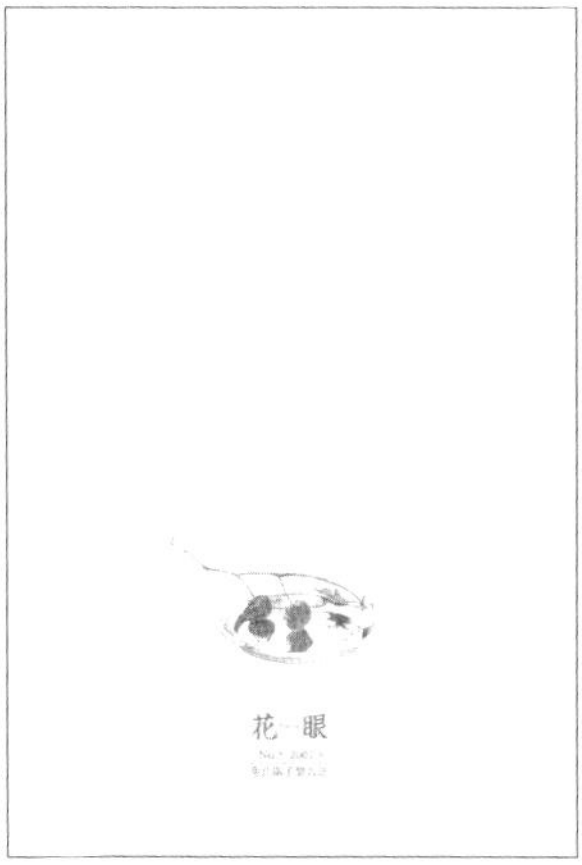

裏表紙

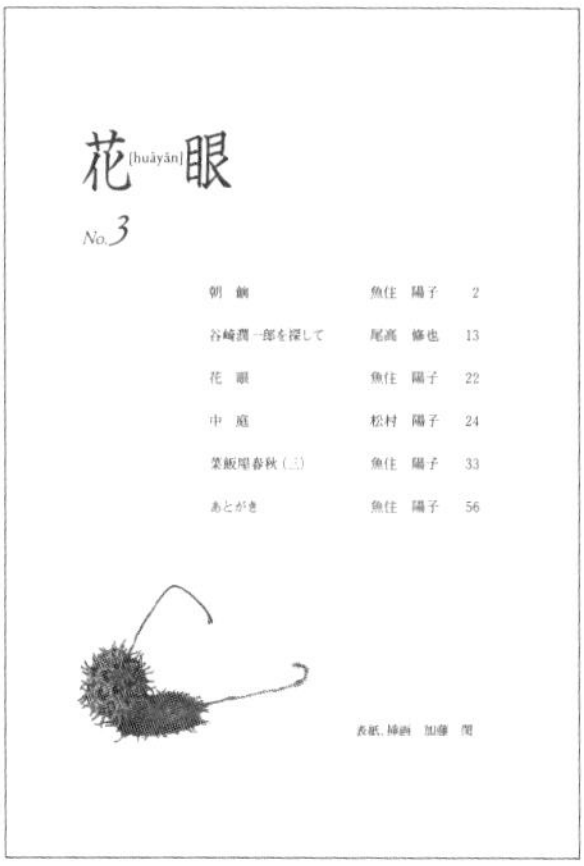

花[huāyǎn]眼

No.3

表紙、挿画　加藤 閑

目次

『花眼』No.3表紙について（加藤閑）

『花眼』三号の表紙には、『スキットルとナツメグ』、裏表紙には『金属皿の上の酸漿』を使わせていただいた。

わたしは、花はもちろん、木の実や蕾、あるいは幹からはずれた枝とか球根など、さまざまな植物を描くことが多い。どういうものを描くかを決めるときに、すでに何らかの選択をしているのだが、ちかごろはただ対象を描くだけでは飽き足らなくなってきた。

それで、籠に盛ってみたり、お盆に載せてみたり、あるいはガラスの器に入れてみたりして、少しずつ変化をつけてみる。単に別の素材を組み合わせるということではない。もともとの対象が異物と出会うことによって違うものに変わることが重要だと思う。ガラスを透すことによって想像もできない形になってしまう草の実。光沢のある漆に映って沈んだ色になる木の葉。それらはわたしから、対象物に対して抱いている既成概念を取り払ってくれる。

写実絵画の成否は、対象物をいかに見えるままに認識できるかにかかっている。どんなに訓練を積んでも技術的に習熟しても、この花はこういう形でこんな色という概念は、容易に払拭できない。それが実際に見えている状態からどれだけわたしを遠ざけてしまうことか。物体は、光の加減や時間の経過で大きく変貌するのだ。

透過したり反射したりしたものは、物体が視覚に作用する振幅の幅広さを教えてくれる。それはわたしにとって非常に大切なことだ。だからわたしは、磨かれた金属に映る物体を素材として大事にするし、その異相に対しては敬虔でありたいと願っている。

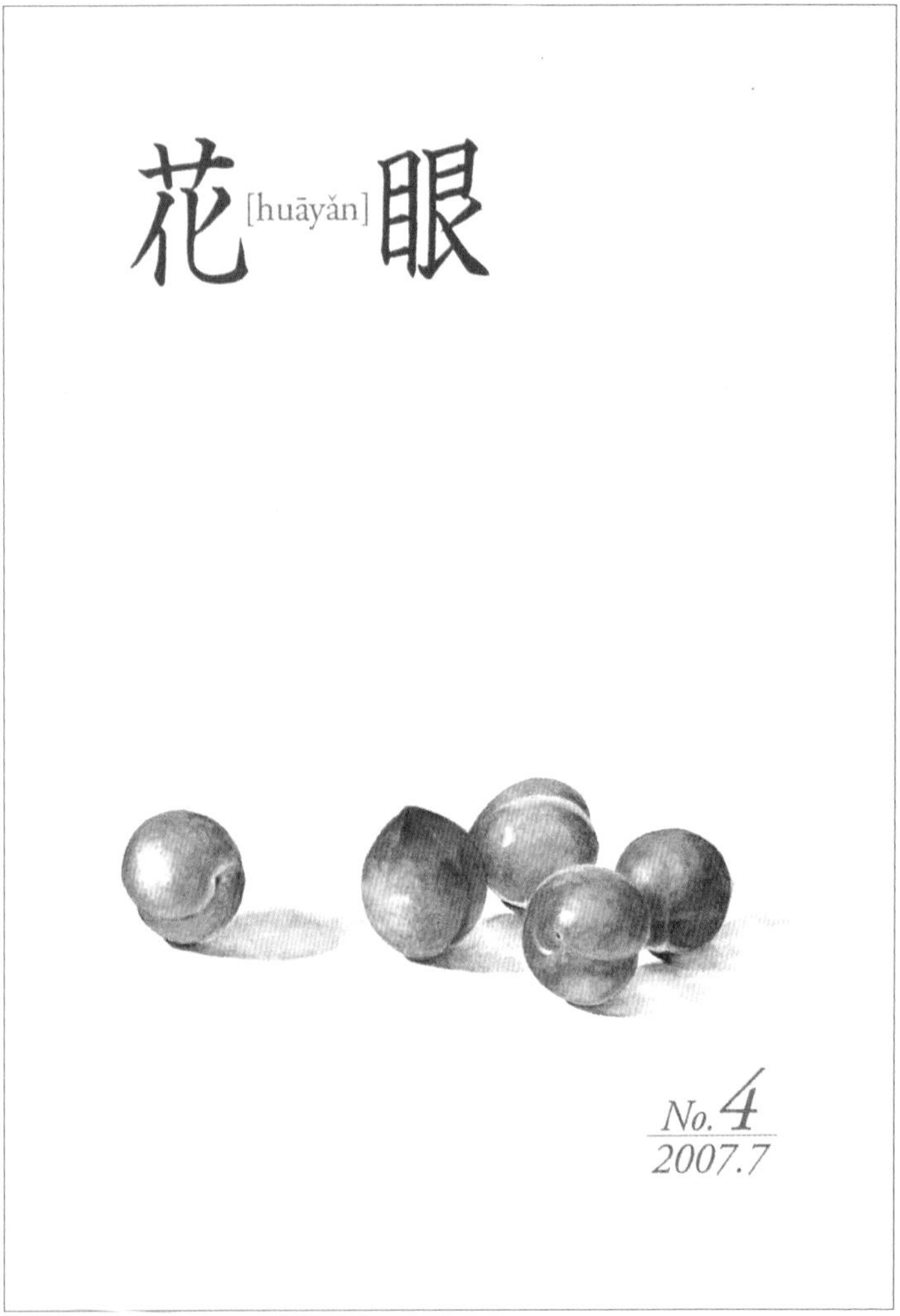

表紙

裏表紙

花[huāyǎn]眼

No.4

表紙・挿画　加藤　閑

目次

『花眼』No.４表紙について（加藤閑）

『花眼』四号には、表紙、裏表紙ともにプラムの絵を使わせていただいた。そして、わたしはそのどちらにも影を描いた。

影とは古来、「光」の謂いであった。いまでも星影などというときは、当然星の光を指している。これはわたしには大変示唆的だ。光がなければ、ひとは何も見ることはできない。そして、ものの形や色の認識は、光が物体によってどのようにさえぎられ、あるいは減衰するかによって可能となる。「影」という語が、もともと明るい部分をあらわす「光」と、暗い部分をあらわす「影」の意味を併せ持つということは、物体を見るということの本質をかなり正確に捉えているように思えてならない。

わたしはこれまで影を描かないことが多かった。対象そのものだけを描きたいという気持ちがつよく、影はむしろ邪魔なものに思われた。『花眼』二号、三号に使った絵は例外的なもので、グラスに入れたコーヒーの実も、金属製のスキットルに映るナツメグの実も、木の実と他の物体との関係を描いている。そのため、空間の一部を占める影を無視するわけにはいかなかったのだ。

しかし、たとえひとつの物体であっても、それは自然界に単独で浮遊しているわけではない。在ること自体がすでに、他の物体との関係を有している。影が見えるということは、その物体を支える物体の存在の証に他ならない。なにかを描くとき、その影を描かないのでは、そのものすべてを描いたことにはならないのではあるまいか。

もうひとつ、影自体のなかにもそれ自体の反射があり、他の物体の反映があり、さらに微妙な空気の層がある。それらはときに、本体そのものよりも美しい。そのことをわたしは、影を描くようになってはじめて知った。

表紙

裏表紙

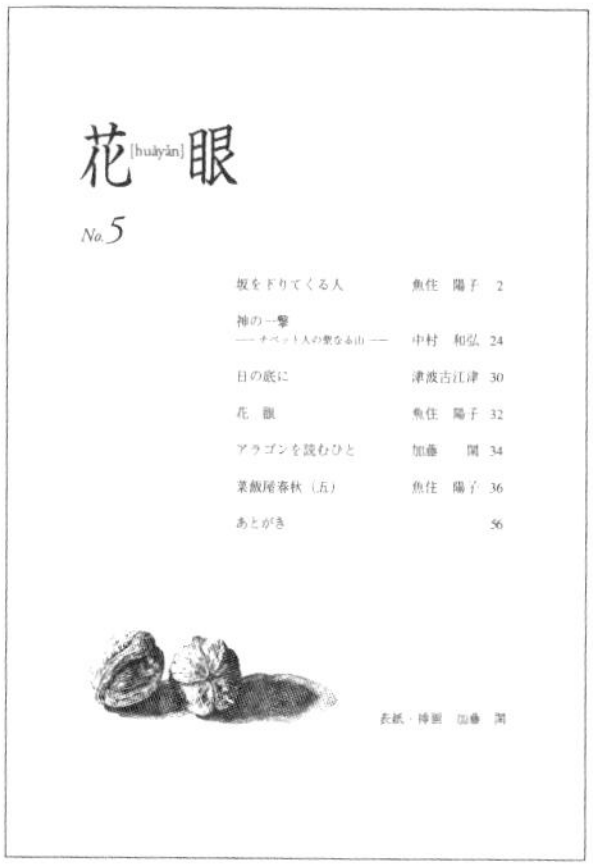
花[huāyǎn]眼

No.5

表紙・挿画　加藤　閑

目次

『花眼』No.5表紙について（加藤閑）

『花眼』五号には、あけびの絵を使わせていただいた。およそ、花や実を絵に描くようになるまでは、興味をもったことのなかったものがいくつもあるが、これもそのひとつ。

裏表紙のは約二年前の作品だが、もっぱらかたちの面白さに惹かれて描いた。表紙の方は最近のもの。うす紫の、それでいて独特の深みのある色をした実は、前に描いたものとはまったく違うものだった。美しいがこの実ひとつではつまらない。それで、人からもらったむかごの枝を合わせた。

しっかりした葉のついた枝から落ちた小さな実には、罅割れとも模様ともつかぬ細い線が網目のように入っている。画面全体の中では、よほど注意しないと気付かないかも知れない。しかし、わたしはそれを描きたいと思った。その罅割れは小さな世界の地図のように私を魅了した。

二年前と今とでは描き方が違う。以前は、面白いと感じた形や色をそのまま描こうとしていた。今は、物と物との、あるいは物と影との関係を表現できたらと思っている。

挿画に使っているペン画についても同じことが言える。椿の実などは、硬い実と、それを包んでいた表皮の外側と内側の質感の違いを表すことが、これを素材としてとりあげる動機となった。

水彩にせよペン画にせよ、かたち以上のものを描きたくなったということは、そういうものが見えるようになったことを意味する。それは楽しいことだ。新しいことを知った少年の、大人に近づく悦びに似ていると言えなくもない。

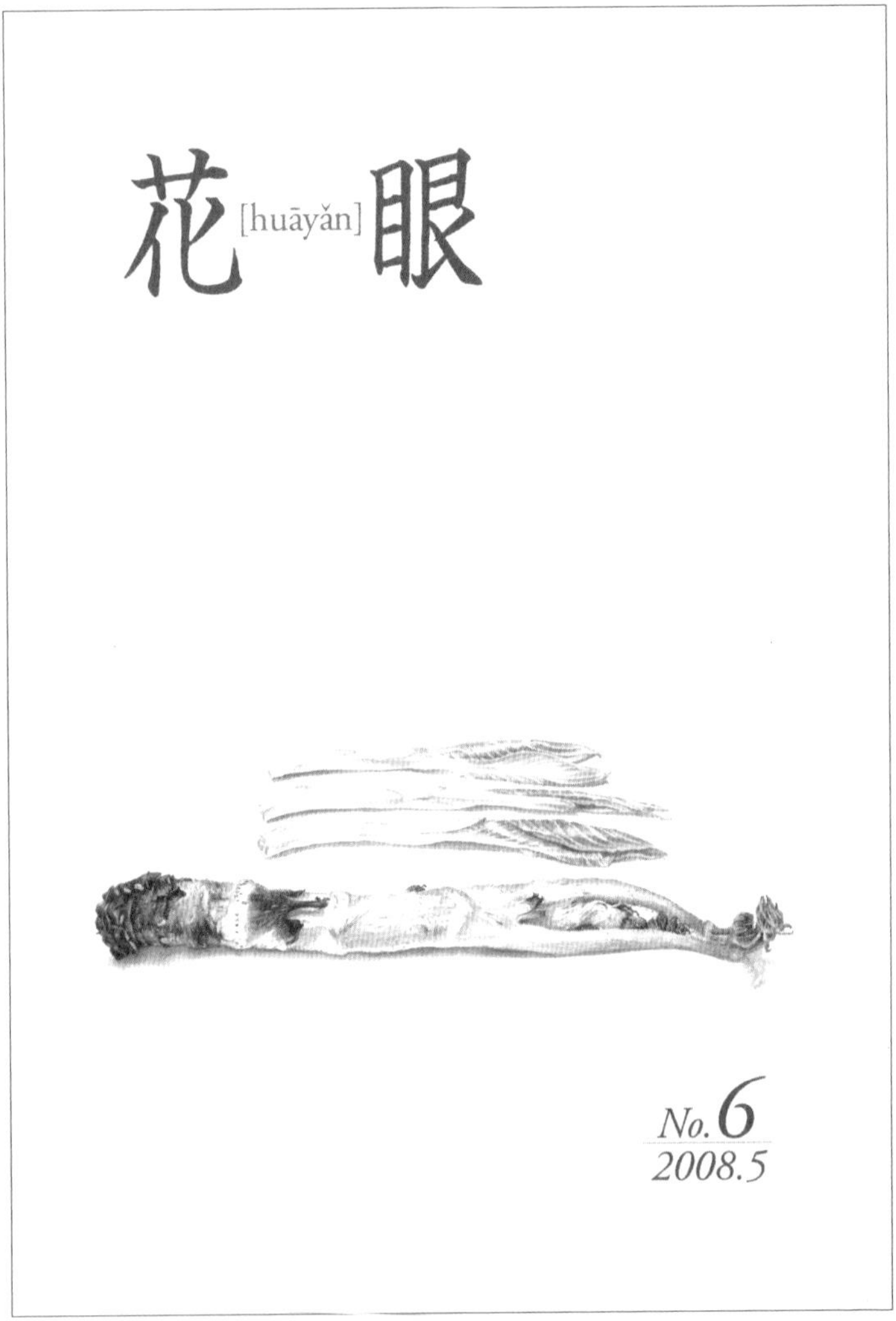

表紙

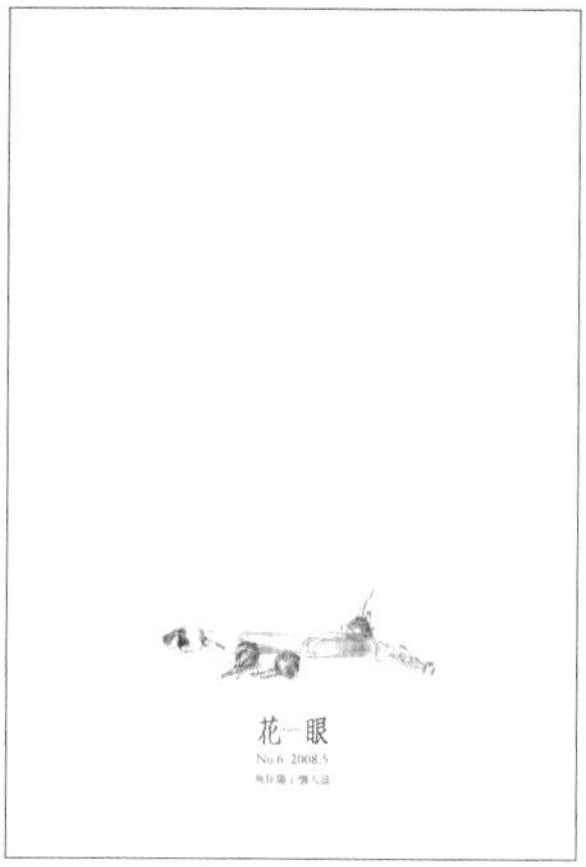

裏表紙

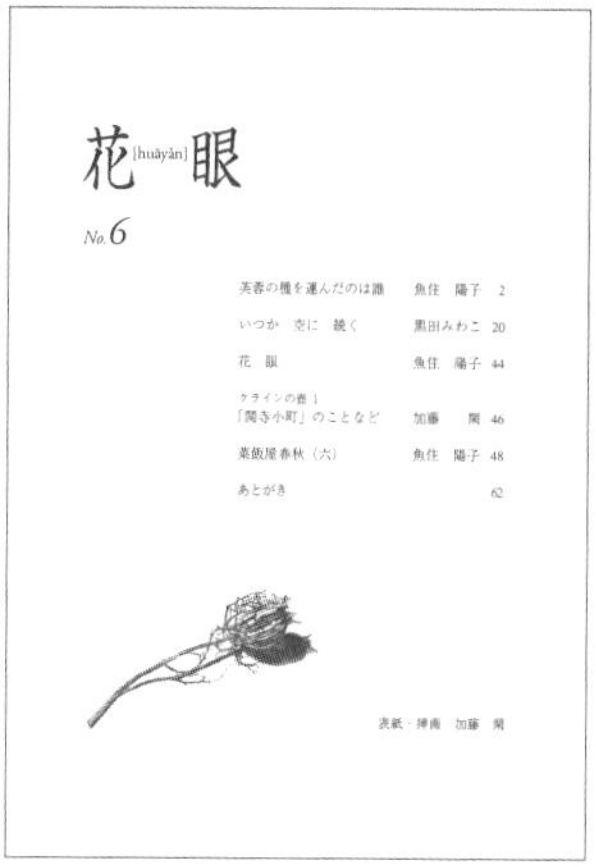
花[huāyǎn]眼

No.6

表紙・挿画　加藤 閑

目次

『花眼』No.６表紙について（加藤閑）

今回は表紙、裏表紙ともに独活を描いた作品を使わせていただいた。裏表紙のは慈姑（くわい）との組合せで昨年の暮れに描いた。たまたまスーパーにならんでいる独活を見つけ、独特の色と形状に惹かれた。このときは、慈姑の金属を思わせる質感とともに、どちらかというと独活の色に魅せられた。白い無数の毛をつけた表皮のなかの緑の根茎。

今年になって、家人がまたひとつ独活を持ち帰った。そんじょそこいらの栽培物と違って、自然の中で育ったいわば天然物だから、味も見た目も力強いんだと言われ、その気になって一本買ったのだという。余談だが、家人は宣伝にとても弱く、商品を称揚する文句に手もなくひねられる。調理器具の即売などを見ていたかと思うと、説明が終ったとたん財布を取り出していて、まるでサクラではないかと思うほど阿吽の呼吸で赤ら顔の男から商品を受け取っていたこともあった。

このときの独活も少々心配したが、実物を見てみると確かにふてぶてしいほどの存在感があり、前に描いたのとは違う趣がある。そこで春の息吹を感じさせるうるいと組み合わせて描けば、その印象の対比が面白いだろうと思った。

しばらく後になって、ほんとうの自生の独活というのはあんなに根茎が長くなく、根の上にわずかに太い茎のような部分があり、その上はもう緑の葉になっているのを知った。スーパーなどで見かける独活は、ちょうどもやしを育てるように地下に埋めて生育させるので、あのように立派な独活になるのだとのこと。

そうだったのかと思ったが、すでに存在しているものがわたしを惹きつけるか否かは、生成の仕方には関係がない。こと独活に関しては家人の選択に満足している。

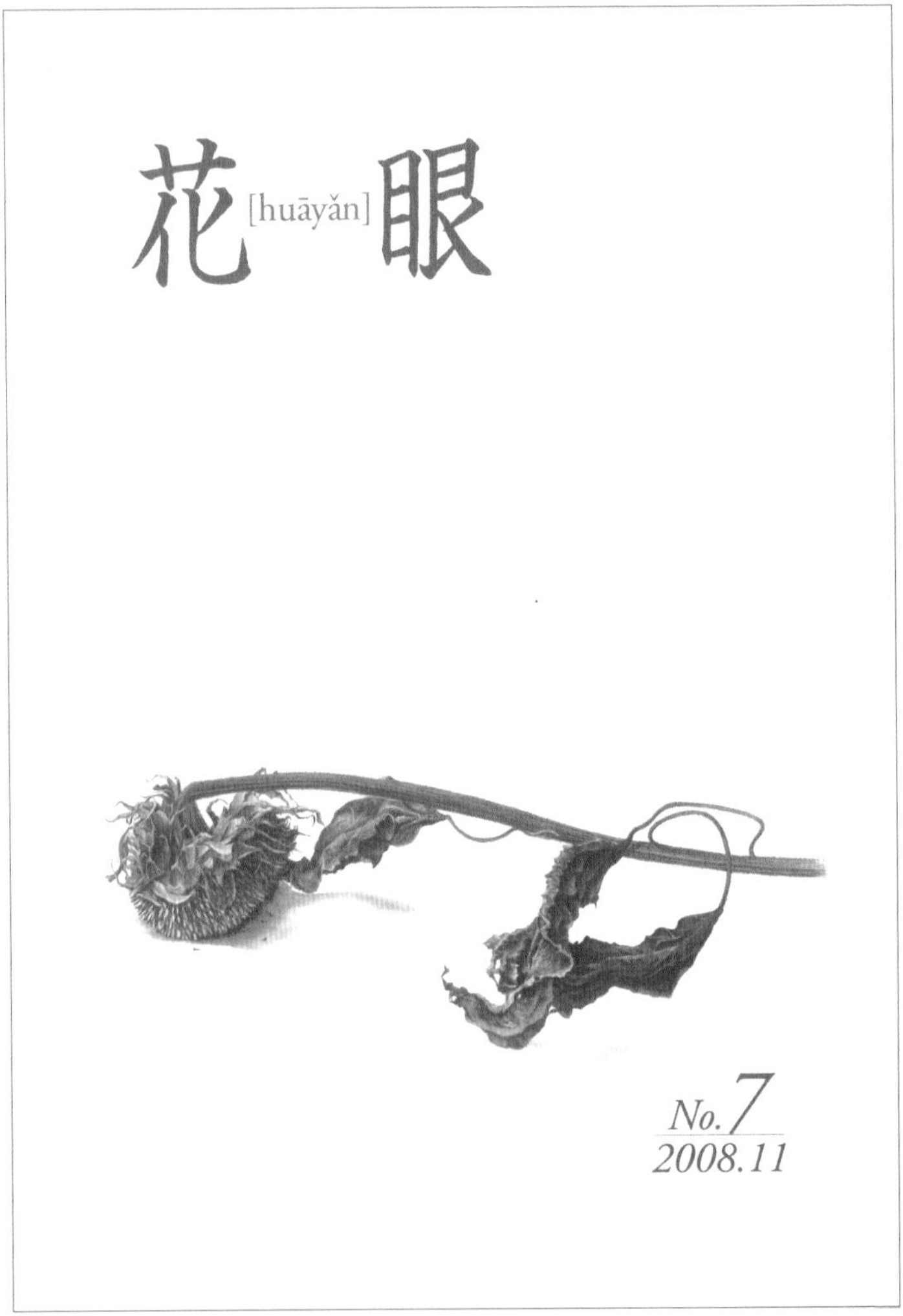

表紙

裏表紙

目次

『花眼』No.7表紙について（加藤閑）

『花眼』一号（二〇〇六年六月）の表紙に、わたしは「朽ちた枝」を使った。「朽ちた枝」はその年の一月に描いたものなので、もう三年近く前のことになる。そのときわたしは、時間が木の枝に与える変化に心惹かれていた。風雪に晒されて枝は次第にもとの色や形を失っていく。けれどもそれにつれて、反対にある精神性とも言うべき要素を獲得するように思われた。ひとりひとりの人に固有の精神があるように、野に落ちた枝にもそれぞれの来歴を語る表情があり、それを描きたいと思ったのだった。

今回表紙に用いた「枯れた向日葵」にも似たようなことが言える。この絵を描きあげたとき不意に「うつぶせ」という言葉が頭に浮かんだ。わたしは植物を描いてはじめて、そのもの以外の言葉をタイトルにしたいという欲求に襲われた。たしかに向日葵という花自体、その大きさといい、佇まいといい、どことなく人間の立ち姿を想起させるので、なおさらその状態を表す言葉が呼び寄せられたのだろう。多くの画家がこの花を描いてきたのも故なきことではない。

裏表紙には、やはり枯れた「ノリウツギ」の花。色は褪せてそれが花であった素性を隠すように風に揺れる。植物に時間がかくも深く切実に作用するのであれば、人間にはどれほどの変化をもたらすものだろうか。それとも人の場合はなまじ意識などという小賢しい機能がある分、時間はあからさまに影響を及ぼすことを避け、幾本かの皺を刻むにとどめて早々に立ち去ろうとするだろうか。

来年の三月、二年ぶりの個展を銀座の小さな画廊で開くことにした。時間がわたしにもたらしたいくばくかの変化をお見せできればと思う。

表紙

裏表紙

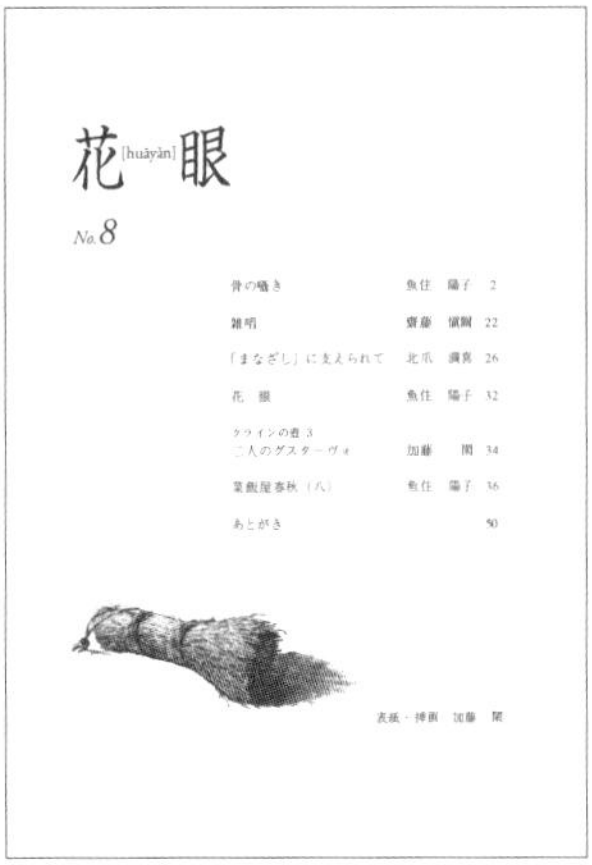
花[huàyǎn]眼

No.8

表紙・挿画 加藤 閑

目次

『花眼』No.8表紙について（加藤閑）

面白い形と色をした実をもらった。かたくて厚い半透明の外皮をもった直径二センチほどの実で、ヘタの部分に羽根のような形のものが蓋みたいについている。

これはムクロジの実で、中の黒い種子は固いので昔は羽根つきの球に使ったのだそうだ。鬼を払い患いを無くすことから無患子と書いたのだという。外皮は水に泡立つので石験として使用された。いずれも実を手に入れたので調べてみてはじめて知ったことだ。おそらく今はこういうことを知っている人は少ないのではないだろうか。

そう言えばこの実の形状も郷愁をそそるものがある。オレンジ色の外皮は色付の型板ガラスみたいだし、外皮をすかして中の黒い種子が見えるのも、植物の実としては不思議な感覚だ。

今号はこのムクロジの実に、表紙は小ぶりのカボチャを、裏表紙は編んだ小物入れを組み合わせて描いた絵を使っている。カボチャはちょっと変わった色と質感だが、観賞用につくられたものらしく食べられない。絵を描くようになっていろんなものを注意して見るようになったので、その分発見することも多い。松ぼっくりを描いたときは、あの翅をもった種子が螺旋をえがいて並んでいることを知って興奮したものだ。

大人になっても、さらに歳をとっても、新しく何かを知るときの興奮は少年の頃と変わらない。ムクロジの木はなぜか神社に多いそうだ。そう言われていくつかのムクロジの実を手に持つと、蝉の声が降り注ぐ神社の境内に、自分は捕虫網を持ったままずっと佇んでいたように思えてくる。

花[huāyǎn]眼

No.9
2010.3

表紙

裏表紙

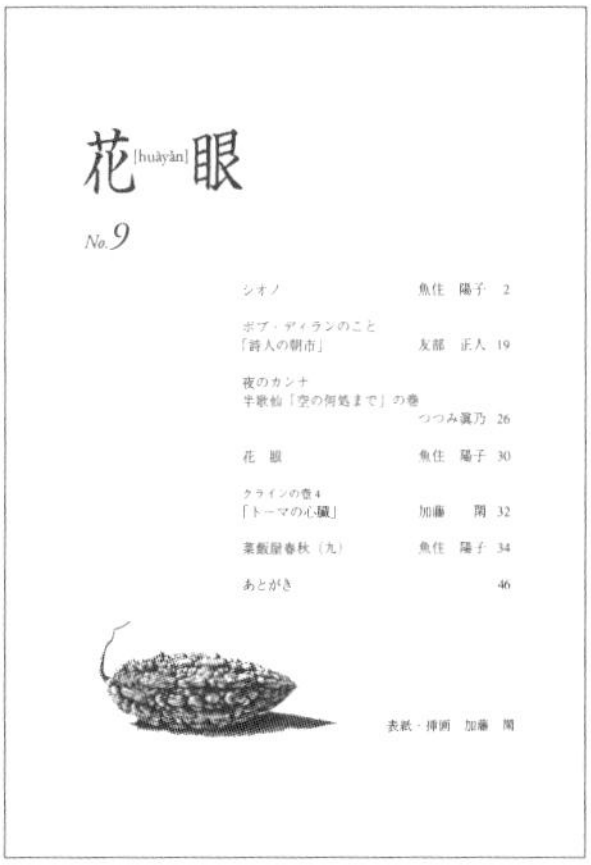

目次

『花眼』No.9表紙について（加藤閑）

今号は表も裏も酸漿（ほおずき）を描いた絵を使っている。三号の裏表紙も酸漿が金属のプレートに載っている絵だった。酸漿は描きやすい素材なのかもしれない。実のかたちもすぐにそれとわかるものだし、赤く色づいた状態が長く続く。だからいろいろなところで装飾につかわれたりする。お盆のお供えにしたり中の実をとりだして鳴らしたり（わたしはしたことはない）して、小さい頃から親しみのある植物だ。

表紙は煉瓦に映る影を強調することで空間を意識し、裏表紙は普通の状態から破れて朽ちるまでを描いて時間を感じられるようにした。しかしわれながらそれでは、方法としては安易にすぎるという思いを拭いきれない。写実的な絵を描いているのだから、対象をそのまま描くのは仕方がないけれど、絵として表現するからには眼に見えない何かが感じられなければ意味がないのではないか。だから写実画家は苛立って、磯江毅のように「写実絵画には時間が塗り込められている」と嘯いてみたり、ワイエスのように「私が描いているのは抽象画だ」などと突拍子もないことを言ってみたりするのかもしれない。

現代はもはやタブローでの表現が保証される時代ではないと言う人もいるけれど、その前に立つとわたしを別のところに連れて行く絵画はやはりあるのだ。それは具象とか抽象とかは関係がない。絵という視覚芸術の持っている秘密の力のような気がする。

今年はショパン生誕二百年。新しいピアニストの録音や名人と言われる人の再発盤等、ディスクもたくさん出ている。しかし、今聴いているのは古い古いコルトーの演奏。ここには現代の演奏家が顧みなくなった何かが、しかもわたしを惹きつけてやまない何かがある。それは絵の秘密と同じくらい言い当てるのが難しい。

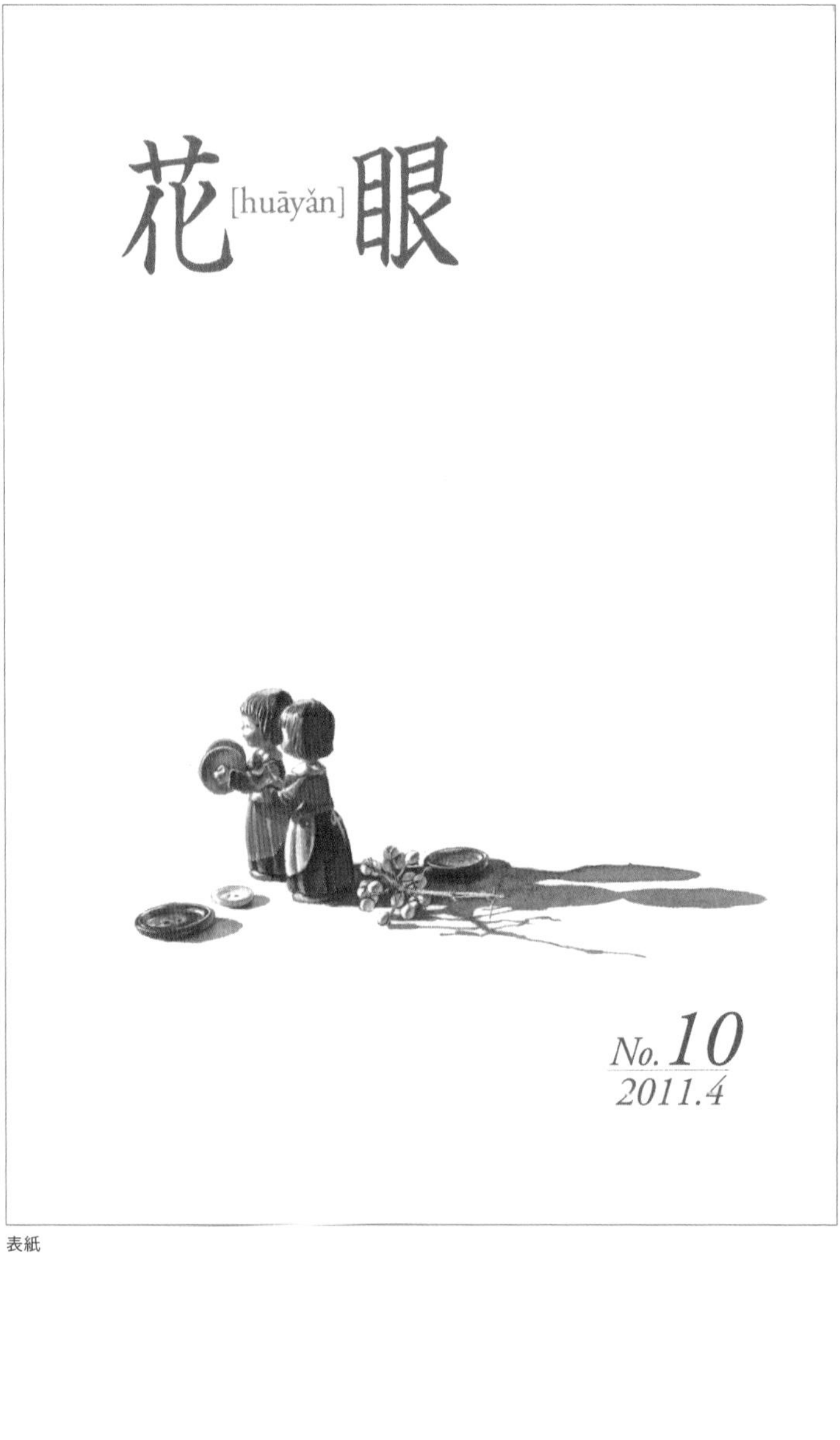

表紙

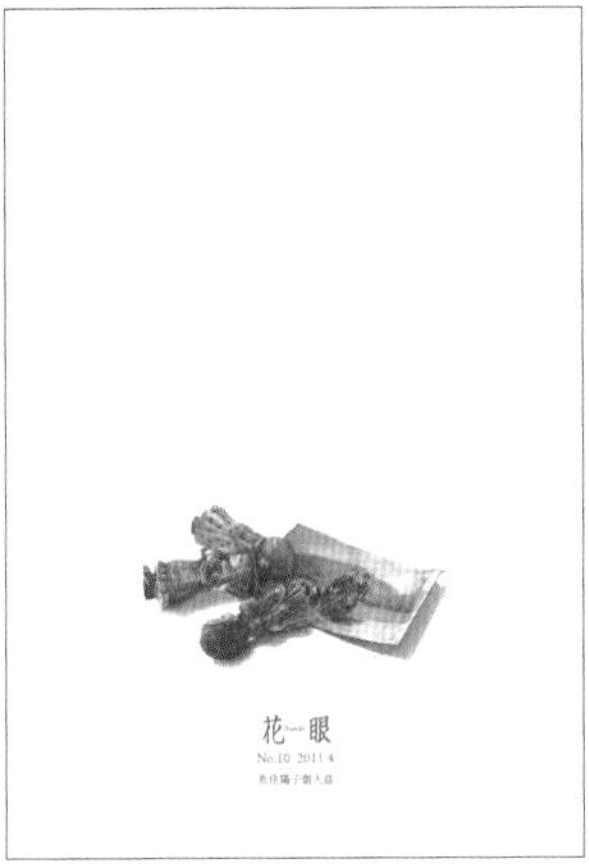

裏表紙

花[huāyǎn]眼

No.10

表紙・挿画　加藤閑

目次

『花眼』No.10表紙について（加藤閑）

子どものころは人形が怖かった。特に端午の節句の前になると木箱から出されて棚の上に飾られる金太郎。丸々と太った色白の体躯に紅い腹がけをし、鉞を担ぎながら自分の身の丈ほどもある鯉を釣り上げている。台座の端には菖蒲が三本。お定まりの五月人形だが、おかっぱ頭のふっくらとした顔にある涼やかな目がなんともいえず怖かった。爾来わたしはこの年になるまで、それとなく人形を遠ざけて暮らしてきた。

それなのに『花眼』一〇号の表紙には人形の絵を描いた。これまで一度だけ、『夢のあとに』という題で掘り出したままの落花生を描いたとき、その茎に絡ませてふたつの人形を描き加えたことがあったけれど、今回はどちらかというと人形を主体にして描いている。表紙の絵にはボタンと白い実のついた枝を、裏表紙の絵には古い色褪せた写真を組み合わせた。

絵にするに当たっては、子ども用の玩具に近い小さな人形を択んでいる。個性的で自ら主張していたり、作家が特別につくったような人形はわたしには必要ない。人形はわたしが描こうとする空間や時間を表現するための素材にすぎない。言ってみれば、くだものや靴や食器などと同じだ。しかし、どんなに小さく粗末な人形にも、かつてわたしを怯えさせた金太郎にあったのと同じちからが宿っている。そのちからがわたしに人形を描かせるのだと言えなくもない。

もう五年前になるが、『花眼』創刊号には「朽ちた枝」の絵を使った。そのときは、物体そのものに流れた時間を描ければいいと思った。今回の絵では、時間はわたしの頭の中に流れている。

【著者プロフィール】

魚住陽子（うおずみ ようこ）

1951年、埼玉県生まれ。埼玉県立小川高校卒業後、書店や出版社勤務を経て作家に。1989年「静かな家」で第101回芥川賞候補。1990年「奇術師の家」で第1回朝日新人文学賞受賞。1991年「別々の皿」で第105回芥川賞候補。1992年「公園」で第5回三島賞候補、「流れる家」で第108回芥川賞候補。2000年頃から俳句を作り、『俳壇』（本阿弥書店）などに作品を発表。2004年腎臓移植後、2006年に個人誌『花眼』を発行。著書に『奇術師の家』（朝日新聞社）、『雪の絵』、『公園』、『動く箱』（新潮社）、『水の出会う場所』、『菜飯屋春秋』、『夢の家』（ともに小社）、句集『透きとほるわたし』（深夜叢書社）がある。2021年8月に腎不全のため死去。

坂を下りてくる人

2023年8月26日　初刷発行

著　者　魚住陽子

発行者　井上弘治

発行所　**駒草出版**　株式会社ダンク　出版事業部
〒110-0016　東京都台東区台東1-7-1
邦洋秋葉原ビル2F
TEL 03-3834-9087／FAX 03-3834-4508
https://www.komakusa-pub.jp/

カバー絵　加藤 閑
ブックデザイン　宮本鈴子（株式会社ダンク）
組　版　山根佐保
編集協力　株式会社ひとま舎

印刷・製本　シナノ印刷株式会社

日本音楽著作権協会（出）許諾第2305462-301号

2023 Printed in Japan
ISBN978-4-909646-69-9